www.b-books.co.kr

헌터 레볼루션

헌터 레볼루션

1판 1쇄 찍음 2020년 2월 12일
1판 1쇄 펴냄 2020년 2월 19일

지은이 | 정사부
펴낸이 | 정 필
펴낸곳 | **(주)뿔미디어**

편집장 | 문정흠
기획 · 편집 | 정대영

출판등록 | 2002년 9월 11일 (제1081-1-132호)
주소 | 경기도 부천시 원미구 소향로 17번길(두성프라자) 303호 (우) 14544
전화 | (032)651-6513 / 팩스 (032)651-6094
E-mail | bbulmedia@hanmail.net
비북스 | http://www.b-books.co.kr

값 8,000원

ISBN 979-11-90547-14-7 04810
ISBN 979-11-315-9849-8 04810 (세트)

BBULMEDIA FANTASY STORY

헌터 레볼루션

정사부 현대 판타지 장편 소설

9

1. 정부의 계획

청와대의 대통령 집무실 안.

고풍스럽게 꾸며진 공간에서 대통령과 협회장 말고도 많은 사람들이 모여 회의를 하느라 정신이 없었다.

이들이 말하는 내용은 몬스터 천국이 되어 버린 임진강이북의 옛 북한 지역이었다.

"이보시오, 김중배 회장!"

박지원 대통령은 노기 섞인 목소리로 헌터 협회장인 김중배를 불렀다.

아무리 대통령이라 해도 이렇듯 큰 소리를 내는 건 적잖이 충격적인 일이었다.

그러나 그로서는 어쩔 수 없었는데, 헌터 협회가 옛 북한 지역을 수복하기 위해 준비 단계에 들어간 지 벌써 반년이나 되었기 때문이다.

이제 그에겐 1년이란 시간밖에 남지 않았다.

그래서 어떻게 해서든 자신의 임기가 끝나기 전까지 무언가 또렷한 업적을 이뤄야 하는 탓에 마음이 급해진 상태였다.

이렇게나 그가 업적에 관심을 쏟는 이유는 아들 때문인데, 얼마 전 터진 작은 비리가 퍼지기 시작하면서 그걸 덮을 만한 게 필요한 것이었다.

사실 그 사건은 박지원이 대통령이 되고 나서가 아닌, 벌써 10년도 더 지난 국회의원 시절에 있던 일이다.

당시에 국회의원이라면 대부분 가족을 자신의 보좌관으로 들여 경비를 착복하는 것은 물론이고, 정치인으로서 경력을 쌓게 하여 이후에 정계에 진출할 수 있게 하는 건 기본이었다.

그리고 그건 일종의 업계 관습이라 불릴 수 있는 일이기에 본인뿐만 아니라 다른 국회의원들도 대부분 그리하였다.

그런데 지금에 와서는 마치 대통령인 자신만 하는 것처럼 야당에서 몰아붙이는 통에 박지원은 현재 궁지에 몰린 상태였다.

과는 공으로 덮으라고 했던가.

남은 1년의 기간 동안 레임덕 없이 제대로 굴러 가기 위해서는 어떻게 해서든 민중에게 뭔가를 보여 주어야만 했다.

그리고 그러기 위해서는 헌터 협회를 통해 국민의 관심을 다른 쪽으로 돌릴 필요가 있었다.

1년 전 대한민국에는 7등급 보스가 출현했지만, 고위급 헌터 몇 명의 희생만으로 별다른 피해 없이 막아 냈다.

비슷한 시기에 일본에서는 엄청난 숫자의 헌터를 죽음으로 몰아넣고도 막지 못한 것과 비교하면 엄청난 성과라 할 수 있었다.

게다가 당시 레이드에 나선 대한민국의 헌터들은 불과 200여 명.

그리도 적은 숫자로 7등급 보스 몬스터인 어스 드레이크를 잡는 데 성공했으니, 국민들은 이러한 뉴스를 접하고 열렬히 환호를 보냈다.

박지원은 그러한 국민들의 환호를 아직까지 기억하고 있었다.

그리하여 비리에 대한 관심을 이러한 몬스터 사냥으로 돌리는 것이 좋다는 참모진들의 의견에 찬성하고, 바로 헌터 협회장인 김중배를 불러 점령된 국토 수복을 위한 준비를 하라 지시했다.

이러한 대통령의 뜻에 김중배 협회장은 가능하다는 뜻을 내비쳤다.

비록 헌터 협회의 최강 카드라 할 수 있는 뇌신은 비밀 작전에서 부상을 당해 돌아왔지만, 재식을 통해 아티팩트를 충분히 확보한 상태이기에 대통령의 명령은 일도 아니라고 생각했다.

그렇다고 무턱대고 주먹구구식으로 몬스터를 상대할 수는 없었다.

김중배는 대통령의 명령이 내려오자 곧바로 간부 회의를 통해 몬스터 대응 전략을 연구하였다.

그러는 한편, 헌터 협회 직속 헌터들만으로는 옛 북한 지역을 수복할 수 없기에 길드나 협회에 소속된 헌터들을 동원하는 일을 합의하기 위해서 각 길드의 대표들을 불러 의견을 모았다.

하지만 엄청난 이익이 달린 일이다 보니, 길드와 협회장은 많은 의견 대립을 보였다.

몬스터를 잡으면 이득이 있고, 또 옛 북한 지역에 많은 고위급 몬스터가 있다는 것은 누구나가 다 아는 일이었다.

그러니 국토를 수복하는 것에는 모든 길드들도 찬성하였으나, 문제는 국가와 길드 간의 분배였다.

그들의 입장은 헌터들이 잡은 것은 헌터와 그자가 속한 길드의 몫이고, 또한 처분할 때 세금의 일정 부분도 감면을 해 달라는 것이었다.

이는 기존 몬스터 퇴치 때 길드에 보장되는 내용과 같고, 전혀 물러섬이 없는 내용이었다.

하지만 헌터 협회의 입장에서는, 아니, 정부의 입장에서는 그들의 주장을 모두 들어줄 수가 없었다.

그도 그럴 것이, 이번 옛 북한 지역 수복 문제는 단순한 몬스터 퇴치와 국토 수복만의 문제가 아닌, 이후에 이뤄질 수많은 개발까지 함께하기 때문이었다.

각종 건물과 사회 시설, 또 천연자원을 얻기 위해서 엄청난 예산이 필요한데, 기존의 몬스터 분배 방식으로는 그러한 재원을 마련할 수가 없었다.

막말로 그건 헌터 길드의 배만 불려 주는 일이었다.

더욱이 정부에서 물러날 수 없는 이유가 하나 더 있었다.

대격변 이후, 많은 연구 끝에 차원 게이트가 생성되는 장소에 대한 조건이 어느 정도 밝혀졌다.

차원 게이트는 자연이 많이 훼손이 되지 않은 지역일수록 자주 발생하고, 또 몬스터의 퇴치가 늦고 몬스터의 분포가 많아지는 경우에는 게이트 브레이크가 걸리는 시간도 짧다는 연구 결과가 발표되었다.

즉, 그 말은 현재 몬스터에게 점령이 된 옛 북한 지역에 몇 개의 차원 게이트가 있는지, 그리고 얼마나 많은 돌발 게이트가 생겨날지 대략적으로 짐작할 수 있다는 뜻이었다.

그러니 최대한 빠른 시간에 그곳에 있는 몬스터를 처리하여 빠르게 도시화시켜야만 했다.

때문에 그걸 위해서라도 많은 준비와 예산이 비축되어 있어야 했다.

그런데 헌터 길드들은 자신들의 배를 불리기 위해 한 치의 양보도 하지 않으려 하고 있었다.

그렇기에 계획이 수립되고 벌써 반년이나 지난 상태에서도 별다른 진전이 없던 것이다.

하지만 대통령인 박지원도 더 이상 계획을 미뤄 둘 수가 없는 지경에 이르렀다.

점점 거세지는 정치적 압박에 무언가 묘수를 내야만 했다.

당장 다른 해결책이 없으니 그는 국민들의 관심을 돌리기 위해서라도 옛 북한 지역 수복을 감행하려는 것이었다.

"아직도 헌터 길드들과는 진척이 없는 것이오?"

굳은 표정으로 물어보는 대통령의 모습에 김중배 협회장은 표정 관리에 힘을 쏟았다.

아무리 그가 막강한 권력자 중 하나라고는 하지만, 이 나라의 권력의 정점은 대통령이었다.

더욱이 김중배는 헌터 길드의 길드장들을 상대하는 것이 쉽지 않아 지금 골머리를 앓고 있는데, 거기에 굳이 대통령까지 넣을 필요는 없었다.

"아, 아닙니다. 저희 협회의 준비는 모두 끝난 상태입니다. 다만, 대형 헌터 길드들과의 조율이 아직 남아 있어서……."

김중배는 대답하면서 슬쩍 고개를 돌려 총리를 쳐다보았다.

사실 헌터 길드들과의 협상이 자꾸만 틀어지는 데는 대통령과 총리의 영향이 있었다.

그들이 무리한 요구를 계속하는 것도 있기는 하지만, 대통령과 총리 두 사람이 한 치의 양보도 하지 않으려는 것도 있었다.

그 때문에 중간에 끼어 있는 김중배도 너무나 힘든 상태였다.

몬스터 퇴치 후, 국토 균형 발전을 위해 도시 개발을 해야 한다는 정부의 말도 맞았고, 또 이를 막고 헌터의 정당한 권리를 침해하려는 정부의 태도에 저항하는 길드장들의 주장도 맞는 말이었다.

두 진영 모두 각자의 사정이 있는 것이고, 그에 맞는 요구를 하는 것이기에 중재자 역할을 해야 하는 김중배로서는 어느 누구의 편도 들어줄 수가 없었다.

"아니, 아직도 조율할 것이 남았다는 겁니까?"

자신을 쳐다보는 김중배의 시선에 총리는 버럭 화를 냈다.

"그럼 어쩝니까? 몬스터를 잡아 그것으로 이윤을 추구하는 헌터들의 입장에서는……."

말을 하던 김중배는 목이 마른 듯 자신의 앞에 놓인 물을 한 입 마시고 다시금 이야기를 이었다.

"지금 정부에서 내놓은 방안은 그들의 재산권 행사를 침해하는 행위로 받아들여지고 있습니다."

김중배는 자신을 노려보는 이낙훈 총리를 마주 보며 말했다.

그런 그의 말에 총리는 더욱 눈을 부라리며 소리쳤다.

"아니, 그게 무슨 말이오? 재산권 침해라니!"

이낙훈 총리는 방금 들은 이야기에 기가 막히다는 듯 소리를 질렀다.

그런데 이에 질세라 김중배 협회장은 말이 끝나기 무섭게 날 선 대답을 했다.

"그럼 기존 몬스터에 부과된 세금을 20%나 인상해 50%가 된 것이 재산권 침해가 아니면 뭡니까?"

정부에서는 옛 북한 지역 개발을 위한 예산으로, 해당 지역에서 사냥한 몬스터에 대한 세금을 20%나 인상한다는 계획을 내놓았다.

정부가 이런 악수를 내놓은 이유는, 현재 가진 정부 예산으로는 몬스터를 처리하기 위해 동원되는 헌터들에 대한 용역 비용도 충당하기 쉽지 않기 때문이었다.

그렇기 때문에 개발 비용은 물론이고, 몬스터 레이드에 들어가는 예산까지 확충하기 위해서 몬스터 사체에 부과되는 세금을 무려 20%나 인상한 것이었다.

그러다 보니 헌터 길드에서는 이러한 정부 방안을 받아들이지 않는 것이 당연했다.

예산이 부족하면 임금 지급이 늦어지는 상황이니, 오히려 헌터들에게 차후에 더욱 많은 이득을 약속하며 끌어들여야 하는 게 옳은 방향이었다.

그러나 책상 앞에서 펜대만 굴리는 행정가들로 책임자가 구성되다 보니, 정부의 계획은 시작도 하기 전에 현실과 맞지 않아 저항에 부딪혀 버렸다.

"그건 어쩔 수 없는 사항이지 않소. 정부 예산이 부족한 상태에서 차후 수복한 지역을 개발하려면 예산이 필요합니다. 한데 헌터들이 감히 정부의 결정에 반발을 한다는 말입니까?"

하지만 이낙훈은 반발하는 김중배 협회장에게 딱 잘라 단호하게 말했다.

그의 시선은 마치 나라를 팔아먹는 매국노를 보는 것 같았다.

"여긴 대한민국입니다. 자유민주주의 국가인 대한민국 말입니다. 총리께서는 우리나라를 지금 몬스터의 땅이 되어 버린 북한이나, 쏟아지는 몬스터를 막기 위해 국민을 놈들의 아가리로 밀어 넣는 중국으로 착각하시는 것 아닙니까?!"

자신에게 호통 치는 이낙훈 총리를 마주 보며 김중배 협회장 또한 밀리지 않고 고함을 질렀다.

이 자리에 대통령도 함께한 것도 잊은 것인지 두 사람은 크게 소리를 지르고 있었다.

"아니, 이자가! 감히 누구를……."

이낙훈은 이 나라에서 일인지하 만인지상에 있다고 할 수 있는 총리였다.

그런 자신에게 고함을 질러 대는 김중배 협회장을 보며 기가 막혀 말을 제대로 하지 못할 지경이었다.

그러다 보니 서로를 두고 고함을 지르며 비방하는 두 사람을 더 이상 두고만 볼 수가 없던 대통령이 얼른 끼어들어 중재하였다.

"그만들 두세요. 이게 무슨 추태입니까!"

"흠흠……."

이낙훈 총리는 대통령이 테이블을 치며 호통을 치자 헛기침하며 고개를 숙였다.

하지만 헌터 협회장인 김중배는 승복하지 않고, 이번에는 대통령을 향해 아무 조용히 불만 가득한 시선을 보냈다.

이낙훈 총리가 그런 발언을 하는 데에는 모두 대통령인 그의 허락이 있기에 가능한 것임을 알기 때문이었다.

"내게도 무언가 할 말이 있는 거요?"

박지원은 말없이 자신을 주시하는 김중배의 시선이 껄끄러워 물었다.

"할 말을 하라고 하니, 이야기를 하죠."

조금은 냉소적인 말로 대답을 한 김중배가 잠시 뜸을 들였다.

숨을 고르고 나서 그는 헌터 협회 간부들과 장기간 회의를 하면서 나온 이야기를 지금 이 자리에 있는 이들에게 들려주었다.

"조금 전에도 잠깐 언급한 것처럼 헌터들은 자신들의 재산권 침해를 들어 정부의 계획에 아무도 참석을 하지 않겠다고 합니다."

"뭐요!"

말이 끝나기 무섭게 이낙훈 총리가 다시 나서며 소리쳤다.

하지만 김중배는 아직 말을 모두 끝마친 것이 아니었기에 총리를 무시하고 계속해서 대통령을 바라보며 이야기를 이어갔다.

"막말로 이 자리에 계신 분들에게 국가 재정이 좋지 않으니, 재산의 20%를 국가에 헌납하라고 하면 모두 들어주시겠습니까?"

그의 말에 대통령 집무실에 모인 장관들은 물론이고, 이런 계획을 짜라고 지시를 내린 대통령까지 모두 고개를 돌리며 헛기침을 내뱉었다.

헌터들에게는 세금을 더 걷겠다며 안건을 발휘한 인사들이 재산의 20%를 국가에 헌납하라는 말에 모두 꿀 먹은 벙어리마냥 아무런 말도 하지 못하는 모습을 보며 김중배는 인상을 찌푸렸다.

"그것 보십시오. 말로는 나라를 위한다고 하시면서 재산의 일부를 국가에 헌납한다 말하는 이 하나 없습니다. 그런데 어떻게 목숨을 걸고 몬스터를 사냥하는 헌터들에게 높은 세금을 걷는다 말을 할 수 있겠습니까!"

김중배는 직급으로 한참이나 높은 이들을 앞에 두고도 한 치의 밀림도 없이 자신의 생각을 그대로 이야기했다.

"부족한 예산은 국회에서 새롭게 마련해야 하는 겁니다. 억지로 국민의 권리를 침해하면서까지 할 수 있는 일이 아니란 말입니다."

비록 자신도 국가의 녹을 먹는 처지이기는 하지만, 세금을 임의로 올리는 것은 말도 되지 않는다고 생각했다. 그러니 김중배는 대통령이나 총리 앞에서도 전혀 꿀릴 것이 없었다.

"그럼 어쩌자는 것이오?"

대통령은 침음을 삼키며 김중배에게 의견을 물었다.

자신 딴에는 부족한 예산 속에서도 계획을 감행하기 위해선 어쩔 수 없는 선택이라 생각했다.

그래서 무리란 것을 알면서도 밀어붙인 것인데, 국가 산하기관인 헌터 협회마저 이런 반발이 일어나자 어떻게 해야 할지 갈피를 잡지 못했다.

"차라리 이러는 건 어떻겠습니까?"

갑자기 조용히 이야기를 듣고 있던 국토교통부 장관이 입을 열자 모두의 시선이 그에게 쏠렸다.

"어떻게 말이오?"

"다른 것이 아니라, 앞으로 개발된 도시 개발을 헌터 협회에 넘겨주는 것이 어떤가 하는……."

국토교통부 장관은 말을 하다 모두의 시선이 자신에게 집중된 것을 깨닫고 슬그머니 말꼬리를 늘렸다.

"음, 괜찮은 안건 같은데… 계속해 보시오."

박지원 대통령은 국토교통부 장관의 말을 찬찬히 곱씹으며 말했다.

"그러니까……."

국토교통부 장관의 이야기는 단순했다.

부족한 예산 때문에 몬스터 퇴치 후 개발할 자금이 부족하니, 차라리 헌터 길드에게 수복한 옛 북한 지역의 개발권을 팔자는 내용이었다.

그렇게 되면 굳이 정부에서 나설 필요가 없고, 예산이 집행될 이유도 없어지는 것이었다. 또한 겉으로는 이 모든 것이 정부에서 주도하는 것처럼 보이니 괜찮지 않느냐는 이야기였다.

물론 나중에 문제가 생길 수도 있다.

개발된 도시가 어느 특정 기업이나 헌터 길드에 예속된다면 추후 정부의 간섭에서 벗어날 수도 있었다.

그렇게 되면 마치 중세 시대 봉건제도의 영지와 비슷한 상황이 발생할 수 있는 일이었다.

하지만 실상 헌터나 헌터 길드는 현대의 귀족이나 기사라 말해도 부족함이 없었다.

그리고 외국에서는 이미 비슷한 사례가 나온 적도 있었다.

거대 기업과 연관된 헌터들은 자신의 활동 지역에서 마치 귀족처럼 막강한 권력을 행사하며, 그들에게 정부의 권력이 제대로 미치지 않아 문제가 발생하기도 했다.

그렇다고 나쁜 면만 있는 건 아니었다.

그도 그럴 것이, 국민들이 몬스터에게 받는 공포를 희석시키는 것은 정부가 아닌 가까이 있는 헌터들이기 때문이었다.

등급이 높은 헌터가 얼마나 많이 거주하는지에 따라 불시에 닥칠 게이트를 적은 피해로 막느냐, 막지 못하느냐가 결정되었다.

그러니 종종 헌터들에게 안 좋은 일을 당하더라도 사람들은 자신과 가족들의 안녕을 위해 부당함을 참았다.

이러한 것을 알고 있기에 회의실의 분위기는 새로운 의견에 긍정적인 모습을 보였다.

"좋은 생각이야……."

대통령이나 이낙훈 총리는 고개를 끄덕이며 그의 발언을 검토해 보기로 결정하였다.

*   *   *

강원도 태백.

그곳은 대격변 이후 게이트와 게이트 브레이크로 인해 북한 지역과 비슷할 정도로 고립이 되었다.

그나마 다행인 것은 강원도에 주둔하고 있던 군부대가 많기에 어떻게든 버티며 정부의 지원 아래 소생할 수 있었다는 것이다.

또한 나쁜 일만 있는 건 아니라서 게이트 브레이크 이후 생겨난 수많은 몬스터로 인하여 강원도는 국내 최고의 필드 사냥터로 자리를 잡았다.

그러다 보니 예전 다른 지역에 비해 낙후가 된 강원도는 어려운 고비를 넘기자, 대도시를 넘어 서울 못지않은 발전을 이루었다.

많은 헌터나 길드가 몬스터를 잡기 위해 몰려들다 보니 자연스럽게 그렇게 된 것이었다.

그러한 강원도 태백의 필드 사냥터에서 헌터들의 외침이 들려왔다.

"조심해!"

"다리! 다리부터 노려!"

"하압!"

그곳에서는 한 무리의 헌터들이 6등급의 몬스터인 오거를 사냥하고 있었다.

그런데 다섯 명의 헌터들이 앞에서 오거를 잡기 위해 분주히 움직이는데 반해, 한 명의 헌터는 그들과 조금 떨어진 곳에서 사냥하는 것을 지켜만 보고 있었다.

"1팀장님, 신속하게 사냥 마무리하시기 바랍니다."

헌터들의 사냥을 지켜보는 사람은 바로 재식이었고, 그는 헌터 브레슬릿을 이용해 무전을 날렸다.

지금 저 앞에서 오거를 상대하고 있는 다섯 명의 헌터는 바로 언체인 길드의 헌터들이었다.

그중에서도 재식에 의해 특별히 마법진을 시술받은 헌터들로만 구성된 특별한 팀. 그리고 이러한 팀은 언체인 길드

내에서도 여덟 개나 있었는데, 사실 처음부터 이렇게 많이 만들려 한 것은 아니었다.

재식이 마법진을 몸에 새긴다고 했을 때, 많은 헌터들이 새로운 시술에 대해 회의적인 반응을 보였다.

아무래도 언체인 길드에 가입하기는 했으나, 대부분 그저 원래 공대장이던 재환의 소개와 헌터 협회 사무장인 최무식의 소개로 들어왔기 때문이다.

그나마 최무식을 통해 언체인 길드에 들어온 헌터들은 재식에 대한 소문을 어느 정도 알고 있기에 크게 거부감은 없었지만, 그렇다고 해도 전혀 알려지지 않은 시술에 선뜻 나서지는 못했다.

그런데 이때 김재환이 먼저 나서 처음으로 마법진 시술을 받은 것이다.

겉으로는 별다른 차이가 나지 않았으나, 시술을 받은 뒤 재환은 이전과는 다른 모습을 보이기 시작했다.

일전에 몬스터에게 받은 상처는 모두 회복됐지만, 아직 후유증 때문에 조금 더 요양을 해야 하는 상황이었다.

그런데 마법진 시술을 받은 뒤로는 오히려 예전보다 더 활동적인 모습을 보여 주기 시작했다.

게다가 병원에 입원해 몇 달 동안 몬스터 사냥을 하지 못한 것을 보상받기라도 할 요량인지, 재환은 하루도 빠지지 않고 필드에 나갔다.

그런 그의 모습을 보며 다른 언체인 길드의 헌터들은 재환이 무리한다고 생각해 그를 말렸다.

하지만 재환은 오히려 그들을 설득하기 시작했다.

마법진 시술을 받고 나서부터 넘치는 마력으로 인해 사냥으로 힘을 빼놓지 않으면 근육이 터질 것같이 뻐근하다는 이야기를 들려주었다.

재환의 이런 설득에도 헌터들은 좀처럼 움직이지 않았다.

그런데 주성이 두 번째로 마법진 시술을 받고는 상황이 바뀌었다.

시술을 받은 주성도 재환과 비슷한 행보를 보여 주었기 때문이다.

사실 몬스터 사냥 중 탱커 역할을 하던 재환이야 원래부터 의욕이 넘쳤다.

게다가 부상에서 회복됐기 때문에 넘치는 힘을 주체하지 못하고 그렇다고 생각할 수 있지만, 다른 길드원들이 생각하기에 주성은 재환과는 다른 타입이었다.

그런데 재환이 보여 준 것처럼 주성도 몬스터 사냥을 나가면, 이전에 공대에서 사냥을 하던 것과는 다르게 무척이나 과감한 공격을 몬스터에게 퍼부었다.

그러다 보니 헌터들도 바뀐 두 사람의 행동에 재식이 제안한 마법진 시술에 대해 다시 한번 생각하게 되었다.

물론 그렇다 해도 처음부터 많은 헌터들이 재식이 권한

마법진 시술을 받지는 않았다.

　모험심이나 호기심이 강한 헌터들 몇 명이 조금 지원하여 재식에게 시술을 받았고, 적응 훈련을 하는 동안 원래 가지고 있던 레벨이나 등급을 넘어서는 실력을 보이기 시작했다.

　그도 그럴 것이, 재식이 시술한 마법진은 재식 본인이 홉고블린 챠콥에게 받은 마법진을 개량해 좀 더 안정적으로 만든 것이기에 재식이 처음 보이던 이성을 잃는 부작용도 없었다.

　게다가 심장이 아닌 가슴뼈에 마법진을 새겨 신체에 마력을 전달하다 보니 흐름이 안정되고, 또 혈관을 통해 마력을 전달하는 것보다 훨씬 더 통제하기가 용이했다.

　다만, 아쉬운 점이 있다면 챠콥의 것보다는 위력이 조금 떨어진다는 점이었다.

　위력이 줄어든 이유는 바로 뼈보다는 심장이 마력을 생성하는 데 좀 더 좋은 환경이었기 때문이다.

　하지만 위력이 떨어진 것에 단점만 있지는 않았다.

　비록 마법진으로 모여드는 마력이 적기는 하지만, 그래도 심장에 새기는 것보다는 안전해 단 한 건의 실패도 없었다.

　다만, 재환이나 주성 등 시술을 받은 다른 헌터들의 몸 상태가 과거 재식과는 달리 약간의 부작용이 있기는 했다.

하지만 그 부작용이란 것조차도 마치 처음 각성제를 흡입한 사람이 힘을 주체하지 못하는 것과 같은 정도였다.

재환이나 주성이 시술을 받은 뒤 매일같이 몬스터 사냥을 나간 이유가 그러한 힘을 통제하기 위해서였다.

그래야만 넘치는 힘에 근육이 손상되는 것을 막을 수 있기 때문이었다.

넘치는 마력으로 인해 부풀어 오르던 근육들을 몬스터 사냥으로 적절히 풀어 주니, 그들의 실력은 물론이고, 레벨과 등급도 오르는 계기가 되었다.

이러한 일들이 뒤늦게 길드 내에 퍼지면서 많은 헌터들이 시술을 받겠다고 지원했다.

하지만 마법진 시술이 아무것도 없는 상태에서 할 수 있는 것이 아니기에 재료의 한계로 인해 가장 먼저 지원한 열다섯 명 정도만 시술을 받을 수 있었다.

그 인원은 최소 단위의 공대 규모 정도밖에 되지 않았지만, 마법진 시술을 받은 헌터들의 위력은 결코 낮지 않았다.

마흔 명의 4등급 헌터들로 구성된 공대로 겨우 사냥에 성공한 자이언트 스콜피언을 이들은 겨우 30분 만에 잡아 버렸다.

불과 몇 달 전에 재환이 부상당한 것도 스콜피언 레이드였다.

당시 마흔 명의 공대로 사냥에 성공하기는 했지만, 공대장인 재환이 헌터로서의 생명이 끝날 정도의 부상을 당하고, 또 몇 시간에 걸쳐 단 한 마리의 자이언트 스콜피언을 잡는 데 성공한 것이었다.

그런데 마법진 시술을 받은 헌터 열다섯 명이 불과 30분 만에 아무런 피해도 없이 간단하게 사냥에 성공을 했으니 충분히 놀라운 일이라 말할 수 있었다.

이 때문에 언체인 길드 내에서는 마법진 시술에 지원하는 헌터가 계속해서 쌓여 갔지만, 필요한 재료가 없어 자신의 차례가 오기만을 하염없이 기다리고 있었다.

그러한 기다림이 길어지자 길드 내에서 약간의 소요가 생겼다.

하지만 마법진을 그리는 데 골렘의 핵인 마나석과 던전에서만 가끔 발견되는 미스릴이란 특수한 금속이 필요하다는 이야기에 마법진 시술을 받지 못한 헌터들은 어쩔 수 없이 다음으로 미룰 수밖에 없었다.

한편, 그 무섭던 자이언트 스콜피언을 사냥하는데 성공한 헌터들은, 자신들이 용감하게 먼저 마법진 시술을 받은 것에 안도와 자긍심을 가졌다.

그런데 지금은 열다섯 명도 아니고, 마흔 명도 아니라 겨우 다섯 명이서 자이언트 스콜피언보다 더 위험 등급이 높은 오거를 상대로 사냥을 하고 있었다.

이것은 강한 몬스터를 상대로 여러 명이서 레이드하는 것이 아닌, 말 그대로 소수의 파티가 강한 몬스터를 상대하는 것이었다.

그럼에도 이들의 행동에는 여유가 묻어 있었다.

6등급 몬스터인 오거를 상대로 김재환을 비롯한 헌터들은 마치 톱니바퀴가 맞물려 돌아가듯, 한 치의 빈틈도 없이 계획한 대로 조금씩 대미지를 누적시켰다.

거대하면서도 민첩한 오거를 상대로 가장 중요한 것은 놈의 기동성을 뺏는 일이었다.

숲에서 오거는 상대하기 무척이나 껄끄러운 몬스터.

커다란 덩치와는 다르게 은신에 뛰어나고, 또 숲의 지형지물을 잘 활용한 기습도 즐겨했다.

그렇기 때문에 숲에서 오거를 사냥할 때 기동성을 빼앗아야만 뒷일이 쉬워졌다.

그러한 사실을 잘 알고 있는 헌터들은 가장 먼저 투척용 창을 들어 커다란 놈의 다리를 향해 던졌다.

다섯 개의 창은 허벅지와 종아리에 커다란 상처를 입히며 꽂혔다.

그 때문에 오거는 한순간 발이 묶였고, 뒤이어 헌터들이 던진 그물에 갇혀 버렸다.

강철로 된 와이어와 몬스터의 힘줄을 꼬아 만든 그물은 아무리 강력한 힘을 가진 오거라 해도 쉽게 끊을 수가 없었다.

　물론 정상인 상태라면 아무리 질긴 그물이라도 오거를 가둘 수가 없겠지만, 헌터들이 그냥 지켜만 보지 않고 오거가 그물에 집중하지 못하게 집요하게 괴롭혔다.

　그러다 보니 오거는 정신없이 헌터들이 찔러 대는 공격에 계속해서 대미지만 누적되었다.

　그 상황에서도 헌터들은 오거를 사냥하는 데 있어서 결코 방심하지 않았다.

　이후, 기회가 오자 헌터들은 오거의 두 팔을 묶었다.

　주변의 굵은 나무를 이용해 마치 양팔을 벌리며 서 있는 것처럼 좌우로 벌려 나무에 묶어 버렸다.

　그렇게 되니 오거는 더 이상 힘을 쓸 수가 없어졌다.

　마치 사형수가 십자가에 고정된 것처럼 움직이지 못하게 된 오거는 헌터들에게 그저 고정된 타깃 이상도 이하도 아니게 되었다.

　"바로 목을 친다, 비켜!"

　재환은 오거가 나무에 고정되자, 앞을 막고 있는 헌터에게 고함을 지르며 오거를 향해 뛰었다.

　곰 유전자와 한손 검에 걸려 있는 스트랭스 마법까지 활성화시키며 오거의 앞으로 뛰어간 재환은 그물을 뒤집어쓴 채 양팔을 벌리고 있는 놈의 목에 정확하게 검을 휘둘렀다.

서걱―

툭!

촤악.

오거의 목은 재환의 검에 단번에 잘려 바닥에 떨어졌다.

그러고 나자 잘린 오거의 목에서 피가 솟구쳤다.

"오늘은 여기까지 하죠."

저 멀리서 이들의 사냥을 지켜보던 재식이 언제 다가왔는
지, 그들의 앞에서 말했다.

"사냥 끝이다. 어서 가죽을 벗기고 마정석을 확인해!"

오늘 사냥한 오거에게서 얻을 것이라고는 가죽과 뼈, 그
리고 마정석뿐이었다.

물론 다른 부위도 값이 나가기는 했다.

다른 곳에서라면 느긋하게 돈이 될 만한 것들을 천천히
도축하며 꼼꼼히 챙기겠지만, 여기 태백에서는 그럴 수가
없었다.

자칫 피 냄새를 맡고 몬스터들이 몰려들 수가 있기 때문
이었다.

아무리 이들이 자신이 있다고 해도 몬스터가 때로 몰려들
면, 소수인 이들로서는 자칫 위험해질 수가 있었다.

그러니 방금 사냥한 오거의 사체에서 가장 돈이 되는 마
정석과 가죽, 그리고 뼈만 추리고 떠나려는 것이었다.

                              *   *   *

강원도 태백시에 위치한 헌터 협회 지부에 들어서자 웅성거리는 소리가 들려왔다.

보통 사람이 많이 모이면 조금 소란스럽기는 하지만, 오늘은 웬일인지 더욱 소음이 컸다.

"무슨 일이지?"

지금 막 헌터 지부 안으로 들어서던 재식이 지부 내에서 들려오는 커다란 소리에 작게 중얼거렸다.

헌터는 언제나 정보에 민감해야만 했다.

그래야 굵든 가늘든, 자신의 목숨을 길게 유지할 수 있으니 말이다.

"혹시 무슨 일 벌어졌습니까?"

재식과 제1팀은 오늘 사냥한 부산물을 협회 직원 앞에 내려놓으며 작게 물었다.

헌터 협회 직원은 앞에 놓여 있는 몬스터 부산물을 확인하려다, 갑작스런 질문에 고개를 들어 재식을 바라보았다.

"아, 몬스터를 사냥하시느라 협회에서 보낸 공지를 아직 확인하지 못하셨나 보네요."

직원은 친절하게 미소를 보이며 대답했다.

"정부에서 그동안 축적한 헌터 전력을 옛 북한 지역에 투입하기로 결정했다는 공문이에요."

"네?"

재식은 직원의 말이 쉽게 이해 가지 않아 다시 물었다.

"아마도 박지원 대통령이 이번 비리 문제를 덮기 위해, 무리하게 이슈를 만들려는 것이 아닌가 모르겠네요."

직원은 박지원 대통령을 별로 좋지 않게 생각하는 것인지, 이번 정부 발표에 냉소적인 반응을 보이고 있었다.

"정부에서 북한 지역을 수복하려고 하는 것이 비리를 덮기 위한 일이란 겁니까?"

마침 지부 로비 한쪽에 마련되어 있는 TV에서 방금 직원이 말한 이슈에 관한 뉴스가 보도되고 있었다.

화면에는 정부에서 몬스터에 점령된 옛 북한 지역을 수복하기 위해 협회의 직할 헌터는 물론이고, 협회에 등록된 헌터들에게도 동원령을 발동하겠다는 보도가 나오고 있었다.

다만, 언제 차원 게이트와 게이트 브레이크가 발생할지 모르기에 일부 헌터나 길드는 이러한 만일의 사태에 대비하여 동원령에서 제외할 것이란 내용이 이어졌다.

"네, 정부 발표 시기가 참 미묘하지 않아요?"

"음, 그렇긴 하네요."

직원의 말을 들어 보니, 자신도 정부 발표 시기가 무척이나 기묘하다는 생각이 들기는 했다.

그러나 자신과는 상관없는 일이었기에 재식은 이번 정부 발표를 이용해 언체인 길드에 도움이 될 것이 없는지 생각에 빠졌다.

'이거, 잘만 이용하면 길드를 크게 키울 수 있을 것 같은데.'

그렇게 재식은 협회를 빠져나올 때까지 그 생각에만 집중하기 시작했다.

2. 재식의 계획

재식은 태백에서 팀원들과 함께 서울로 돌아왔다.

원래 계획은 1팀부터 8팀까지 두루 살피며 그들이 6등급 몬스터를 상대하는 것을 지켜보려 했었다.

그런데 정부에서 옛 북한 지역을 잠식하고 있는 몬스터를 몰아내고, 진정한 대한민국을 수립하겠다는 발표를 하였다.

처음 태백에서 그 소식을 듣고서 재식은 과연 어떻게 해야 이 기회를 잡을 수 있을까 한참이나 고민했다.

그러한 장고 끝에 재식은 몇 가지 방안이 떠올라, 기존 계획을 철회하고 모든 팀을 이끌고 다급히 서울로 온 것이다.

재식은 그러는 와중에 언체인 길드의 전력을 되짚어 보았다.

객관적으로 따져 봐도 마법진 시술을 받은 팀의 전력은, 그 어느 헌터 길드의 전력보다도 우수하다 자신할 수 있었다.

현재 그들이 가지고 있는 전투력은 다섯 명이면 6등급 엘리트 몬스터도 충분히 감당할 수 있는 실력을 가지고 있었다.

그럼에도 불구하고 언첸인 길드의 헌터들은 실력 발휘를 제대로 하지 못했다.

하지만 이는 길드원들이 언체인에 가입하고서 급속하게 레벨과 헌터 등급이 오르면서 나온 자신감의 결여 때문이다.

즉, 자신의 실력을 놀라워하면서도 정확하게 얼마나 오른 것인지 알 수 없기에 생긴 일이었다.

그러나 이러한 것은 상위 몬스터와 자주 전투를 벌이며 경험을 쌓으면 나아지는 문제이기에 재식도 그런 것에 일일이 의미를 두지 않았다.

다만, 어떻게 하면 하루빨리 이들이 자신의 실력을 믿게 할지가 걱정이었다.

일단 특수팀의 자신감이 생겨야 몬스터를 사냥할 때 과도

한 긴장을 하지 않을 것이었고, 또 보다 효율적이고 빠른 사냥을 할 수 있게 될 것이었다.

그러한 경험이 축적되고 가시적인 효과가 있어야만, 아직 마법진 시술을 받지 않은 길드원도 선배들이 안정적으로 고수익을 올리는 것을 보며 거부감이 없어질 것이었다.

물론 거기에 사용되는 재료를 구하는 것은 쉽지 않았다.

현재 마법진 시술을 받은 길드원들에게 사용한 재료들은, 모두 헌터 협회에 아티팩트 제조를 의뢰받았을 때 얻은 재료들이다.

그것들 중 일부를 아티팩트 제조에 사용하고 또 남은 것 중 일부를 아이템을 만드는 데 사용했다.

만약 재식이 아티팩트를 제작한다고 하면 헌터 협회에서 분명 재료를 구해 줄 것이지만, 재식은 굳이 그런 식으로 헌터 협회에 거짓말을 할 생각이 조금도 없었다.

게다가 굳이 아티팩트를 제작하여 사람들의 주목을 끌고 싶지도 않았다.

어차피 헌터 협회도 던전을 개발하여 나오는 것들을 구해 다 재식에게 전달하는 것이었다.

자금이 모이면 재식도 충분히 재료들을 사들일 수 있었고, 그러니 굳이 사람들의 시선을 끌거나 거짓을 말을 하지 않고 기다리는 중이었다.

그런데 마침 정부에서 옛 북한 지역 수복이라는 정책을 내놓은 것이다.

재식은 그걸 어떻게 사용해 길드를 키울까 한창 고민하는 사이 헌터 브레슬릿이 요란하게 울렸다.

우웅— 우웅—

생각을 멈춘 재식이 외팔을 바라보자 익숙한 이름이 찍혀 있었다.

그 이름을 보고는 절로 미소가 흘러나온 재식이 기분 좋게 연락을 받았다.

"응, 자기야. 무슨 일이야?"

[그냥, 뭐 하나 싶어서 연락해 봤어. 지금은 어디야?]

"나는 방금 서울에 도착했어. 그렇지 않아도 바로 연락하려 했는데."

[응? 벌써 왔어?]

수연은 재식의 말에 깜짝 놀라 반문했다.

"어쩌다 보니까 그렇게 됐어. 자세한 얘기는 만나서 해줄게."

[알겠어. 그럼 있다가 백제 호텔에서 보자.]

재식은 약속 장소를 떠올리며 기분 좋은 데이트를 상상했다.

"알겠어. 백제 호텔에서 기다릴 테니까 있다가 봐."

    *   *   *

재식은 잔잔한 클래식 음악이 흐르는 백제 호텔의 식당가에서 최수연이 오길 기다리고 있었다.

딸랑!

청량한 종소리가 울리고 재식은 순간 소리가 들린 곳으로 시선을 주었다.

[언체인 길드의 정재식 님]

한복을 곱게 입은 직원이 커다란 푯말을 들고 입구 앞에 서 있는 것이 보였다.

그리고 직원의 뒤쪽에서 기다리던 수연의 모습이 보이자 재식은 얼른 손을 들었다.

"여기야."

재식은 식사를 하고 있는 다른 손님들에게 방해되지 않을 정도의 목소리로 대답했다.

"아, 저기 있네요. 감사해요."

마침 직원의 옆으로 나와 식당가 안을 둘러보던 최수연도 손을 든 재식을 발견하고 재식에게로 걸어갔다.

최수연은 활동이 편한 회색 정장 바지를 입고 있었는데,

안에 받쳐 입은 흰색 블라우스가 참으로 잘 어울렸다.

쪽—

수연은 재식에게 다가가자마자 자연스럽게 재식의 입술에 키스했다.

두 사람은 정식으로 사귀기 시작하면서 다른 사람들의 시선은 신경도 쓰지 않고 언제나 당당하게 애정 행각을 벌였다.

그렇다고 무분별하게 하는 것은 아니었다.

그저 서양에서 외국인들이 만나면 반갑다고 서로 볼 키스를 하는 것처럼 두 사람도 그 정도의 스킨십을 하는 것이었다.

"한 달 정도 다녀온다면서 어떻게 이렇게 일찍 돌아온 거야?"

반가운 건 반가운 거였지만, 계획적이고 자기 통제에 철저한 재식이 원래 계획을 무시하고 온 이유가 궁금했다.

심지어 하루 이틀도 아니라 무려 열흘이나 일찍 왔으니, 그녀로서는 더욱 의문이 들었다.

"원래 계획은 그랬는데, 오늘 태백 지부에 오니 이상한 말들이 나와서."

"이상한 말?"

"잠깐 부산물 좀 처리하려고 협회에 들어갔는데, 북한 지역을 수복하기 위해 헌터들에게 동원령을 내린다는 뉴스가 나와서 말이야."

"그거 알아보려고 계획보다 일찍 온 건가 보네."

"응, 맞아."

"내가 좀 알아봐 줄까?"

재식은 그녀의 배려 깊은 말에 고개를 끄덕이며, 수연의 얼굴을 쳐다보았다.

"저녁 안 먹었으면 일단 주문부터 하고 얘기하자."

"응. 자기는 뭐 먹을 거야?"

"나는 음······."

재식은 수연의 질문에 잠시 말을 멈추고 테이블 위에 있는 고급스런 갈색 판을 집어 들었다.

간혹 모르는 메뉴가 있었지만, 재식은 그동안 수연과 함께 다니며 알게 된 것도 많이 보였다.

그중에는 자신이 좋아하는 음식이 있기도 했다.

그러나 그보다 수연의 입맛에 맞는 걸 골라 주고 싶은 마음에 재식은 찬찬히 메뉴판을 살폈다.

그렇게 몇 장을 지나가자 수연이 좋아할 만한 메뉴가 보였다.

"난 안심 스테이크랑 샐러드 조금, 그리고 레드 와인 한 잔. 자기는?"

호텔 식당을 가 본 경험이 많지 않은 재식은, 수연과 함께 데이트를 하면서 보던 음식 중 그녀가 가장 자주 시킨 것을 선택했다.

일전에 같이 먹어 본 적이 있었는데, 재식의 입맛에도 썩 나쁘지 않아 거부감이 없는 음식이었다.

"그럼 나도 그것으로 할게. 디저트로 바닐라 아이스크림, 괜찮지?"

"자기가 먹고 싶은 것은 뭐든지."

재식이 수연에게 자연스럽게 자기라는 애칭을 쓴 건 얼마 되지 않은 일이었다.

연애 초기에는 연상인 수연에게 반말을 하는 것 같아 자기라는 말이 잘 나오지 않았다. 그러다 보니 데이트 때마다 수연의 작은 투정을 들어야만 했었다.

그러나 연애 기간이 늘어나면서 자기라는 말은 자연스럽게 그의 입에서 나오기 시작했지만, 아직까지 자기 외의 다른 애칭은 재식에게 무리였다.

"저기요."

재식은 수연도 메뉴를 고르자 한 손을 들고 작은 목소리로 웨이터를 불렀다.

아직은 손님이 별로 없는 시간대다 보니, 금방 재식의 신호를 포착한 직원이 두 사람에게로 다가왔다.

"애피타이저는 크림수프와 양송이 수프로 주시고, 메인은 와인으로 숙성한 안심 스테이크로 부탁드립니다."

"술은 어떤 것으로 드릴까요?"

"음, 아펠라시옹 보르도 콩트롤레가 있나요?"

언젠가 외식을 하면 한 번쯤 사치를 부려보고 싶을 때 주문하려 외우고 있던 와인 이름을 말하였다.

"네, 저희 백제 호텔에는 보르도 와인 중 메도크, 그라브, 생테밀리옹, 소테른—바르삭의 것이 준비되어 있습니다. 어느 것으로 드릴까요?"

직원은 보르도 지방의 유명 산지를 읊으며 이 중 어느 것을 주문할 것인지 물었다.

정작 와인에 대해 자세히 알지 못하는 재식은 순간 당황했다.

하지만 오래전부터 헌터 협회 직할 헌터로 활동한 수연은 직원의 이야기에 자연스럽게 대답했다.

"고기를 먹을 것이니 메도크 것이 좋겠네요. 몇 년 산이 있죠?"

수연이 너무나도 막힘없이 주문하자, 옆에서 이를 지켜보던 재식은 그 모습에 놀랐다.

'역시 각성 헌터다 보니까 이런 자리가 익숙하나 보네.'

각성 헌터는 현대판 귀족이었다.

시술 헌터도 몬스터 사냥으로 많은 돈을 벌지만, 각성 헌터는 그보다 더 많은 연봉과 수당을 받았다.

그러다 보니 이들의 씀씀이는 일반인들의 상상 이상으로 어마어마했다.

그 때문인지 대격변 이후로 사치품 사업은 날로 거대해졌는데, 그 이면에는 시술이나 각성으로 헌터가 된 이들이 자리하고 있었다.

대격변 이전에는 돈이 많은 재벌이나 관료의 자식들이 사치품을 소비했다면, 이제는 거기에 헌터들도 한몫을 하고 있었다.

소비하는 사람이 더욱 늘어나다 보니 사치품의 가격은 끝없이 올랐고, 이제는 서민이 욕심낼 수준은 한참 넘어가게 되었다.

그런 상황이다 보니 재식도 헌터를 하면서 언젠가는 한번 해 보겠다고 다짐한 일을, 그럴만한 위치에 있음에도 잊고 있었다.

그러다 연인인 수연과 데이트를 하는 장소로 백제 호텔에 오게 되자 처음으로 사치를 하게 되었지만, 재식은 방금 자신이 시킨 와인의 가격이 얼마나 대단한지는 아직 깨닫지 못하고 있었다.

고기를 먹는데 레드 와인이 곁들어지면 완벽한 정찬이 이루어지기는 했다.

그러나 방금 수연이 시킨 것은 최고급 와인이 생산되는 보르도 지방 중에서도 메도크 지역에서 생산되는 것으로, 프랑스 와인 등급 중에서도 최고급에 속하는 레드 와인이었다.

그러다 보니 정작 식사 비용보다 몇 십 배는 더 비싼 와인을 먹게 되었다.

물론 그렇다고 해서 두 사람이 부담을 느낄 리는 없지만, 식사를 끝내고 계산서를 보게 된다면 재식이 깜짝 놀랄 것은 분명했다.

그렇게 직원은 모든 주문을 받고 돌아갔고, 재식과 수연은 다시 이야기를 시작했다.

*　　　*　　　*

커튼이 쳐진 창틈 사이로 은은한 아침의 햇살이 들어왔다.

"으음."

재식은 자신의 허벅지를 압박하는 느낌과 품 안에 묵직한 무언가가 달라붙어 있는 느낌에 짧게 신음하며 잠에서 깨어났다.

'뭐지?'

한 번도 이런 느낌을 받은 적이 없었지만, 그 느낌이 썩 나쁘지 않았다.

부드럽고 따뜻한 무언가를 품에 안고 있는 것이 마냥 기분이 좋았다.

재식은 억지로 눈을 뜨고 싶지 않아 가만히 품에 안긴 따뜻한 무언가를 더욱 품에 끌어안았다.

그런데 생각지도 못한 소리가 그의 귀에 들려왔다.

"흐응~"

'뭐지?'

자신의 품 안에서 소리가 나자 재식은 순간 정신이 번쩍 들었다.

'집이 아니다. 여긴 어디지⋯⋯.'

눈을 뜬 그는 자신이 있는 곳이 자신의 방이 아님을 금방 알아차릴 수 있었다.

그러다 문득 자신의 품을 조심스럽게 내려다보았다.

'누나!'

고개를 내려 살펴본 침대 시트 안에는, 나신으로 자신의 품 안에서 잠든 최수연의 모습이었다.

마치 배부른 암고양이가 잠들어 있는 모습과 같았다.

잠든 수연의 모습은 재식으로 하여금 절로 미소 짓게 만들었다.

'아!'

수연의 모습을 확인한 재식은 어젯밤 자신들에게 어떤 일이 일어난 것인지 떠올랐다.

어젯밤 식사 때 함께 마셨던 와인의 맛에 취해 두 사람은 곧장 호텔 바로 향했다.

그곳에서 와인과 위스키, 그리고 브랜디 등 많은 술을 마시기 시작했다.

원래라면 두 사람 다 헌터이기에 웬만한 양의 술로는 잘 취하지 않았을 것이다. 그러나 20일 만에 만난 연인이다 보니 절제를 하지 못하고 계속해서 술을 마셨다.

그러다가 시간이 너무 늦어졌고, 그들은 집 대신 호텔 룸으로 향했다.

처음에는 그저 술만 마시고 자려고 했지만, 그게 어디 쉬운 일인가.

연애를 시작한지 몇 달 되지 않아 아직 불타오를 시기다 보니, 어느 순간 두 사람은 술기운 때문인지 용기를 내어 진한 스킨십을 하기 시작했다.

지금껏 키스 외에는 진전이 없던 두 사람은 술기운을 빌려 진도를 나가기 시작했고, 푹신한 침대에서부터 열기가 피어올랐다.

한 번 시작된 두 사람의 열기는 새벽 내내 그칠 줄을 몰랐다.

그러다 동이 트기 전 겨우 잠이 들었는데, 커튼 사이로 빛이 새어 들어와 얼굴을 비추자 잠에서 깨어난 것이었다.

'아!'

재식은 그렇게 어젯밤 일을 찬찬히 되새겼다.

자신의 품 안에서 행복한 미소를 짓고 잠든 수연의 모습을 보며, 남자로서 뿌듯한 무언가를 느꼈다.

그것은 재식이 헌터 일을 하여 아버지의 병을 낫게 했을 때 느낌과 비슷하면서도 조금은 다르게 가슴을 뛰게 만드는 무언가가 있는 듯했다.

"으음."

재식이 그렇게 한참을 내려다보자, 수연도 작게 소리를 내며 잠에서 깨어나기 시작했다.

재식은 잠에서 깨는 수연의 모습을 하나도 놓치기 싫다는 듯 사랑스러운 눈빛으로 바라보았다.

"앗!"

잠에서 깨어나던 수연은 따뜻한 것을 껴안고 있는 것에 놀라 짧은 소리를 냈다.

그리고 자신이 아무것도 걸친 것이 없는 나신이란 것에 더욱 놀랐으며, 껴안고 있는 따뜻한 무언가가 남자의 알몸이란 것을 알기까지 그리 오랜 시간이 걸리지 않았다.

"뭐, 뭐야!"

자신이 맨몸으로 누군가와 침대에 누워 있다는 것에 놀란 수연이 벌떡 일어나 침대에 앉았다.

스르륵―

그러자 그녀의 몸을 감싸던 침대 시트가 흘러내렸다.

커튼 틈 사이로 스며든 햇살에 뽀얀 그녀의 나체가 눈부셨고, 윤기 있게 찰랑이는 머리칼이 반짝였다.

"어머!"

수연은 침대 시트가 흘러내리는 바람에 자신의 알몸이 들어난 것에 놀라 비명을 질렀다.

그녀는 얼른 흘러내린 침대 시트를 쥐어 몸을 감췄다. 그러고는 조금 전 자신이 알몸으로 붙들고 있던 남자의 정체를 알기 위해 그의 얼굴이 있는 곳으로 고개를 돌렸다.

'휴~'

그녀의 눈에 들어온 것은 연인인 재식의 얼굴이었다.

재식의 얼굴을 확인한 수연은 속으로 안도의 한숨을 쉬었다.

"잘 잤어?"

재식은 자신을 보며 안도의 한숨을 쉬는 수연이 귀엽다고 느꼈다. 강한 헌터의 모습은 보이지 않았고, 오롯이 자신의 여자로서 곁에 있는 게 새삼 기쁘고 사랑스러웠다.

재식은 천천히 그녀에게 다가가 어깨를 잡고서 짧은 입맞춤을 했다.

쪽!

아침에 일어나 연인의 키스를 받은 수연은, 기분 좋게 웃으며 자신의 남자와 눈을 마주쳤다.

그러자 곧 심장이 다시금 세차게 뛰기 시작했다.

'어머!'

긴장이 풀려 방심하던 그녀의 감각에 무언가 걸리는 것이 있었다.

그것은 다름 아닌 재식의 신체 일부였다.

자신의 하복부를 찌르는 느낌에 처음에는 뭔지 몰라 가만히 생각했고, 얼마 지나지 않아 그것의 정체를 떠올리고는 심장이 두근거리기 시작했다.

그리고 그건 재식도 마찬가지였다.

밤새 그녀와 사랑을 나누었는데, 아침에 일어나니 또 다시 사랑이 고파졌기 때문이었다.

그렇게 두 사람은 아침에 눈을 뜨자마자 다시금 사랑의 열기를 느끼며 방 안을 달궜다.

*　　　　*　　　　*

한차례 열풍이 지나가고 재식은 바로 샤워를 하였다.

새벽까지 사랑을 나누고, 아침에 잠에서 깨자마자 두 사람은 또 다시 서로를 탐닉했다.

오랜 탐색 끝에 연애를 시작했기 때문인지, 두 사람은 서로에 대해 잘 알지 못했다.

그러다 처음으로 술기운으로, 아니, 이전부터 서로를 갈망해 온 욕망으로 뜨거운 밤을 보내게 됐고, 두 사람은 서로가 정신적으로, 또 육체적으로도 궁합이 무척이나 잘 맞는다는 것을 깨달았다.

하지만 끝나지 않는 잔치가 없듯, 두 사람도 그만 사랑의 확인을 멈출 시간이 되었다.

드르륵—

재식은 샤워를 끝내고, 허리에 샤워 타월 한 장을 걸친 채 젖은 머리를 수건으로 털며 나왔다.

"자기도 어서 씻어."

"아흥, 일어나기 싫어."

재식의 씻으라는 말에도 수연은 노곤한 암고양이마냥, 침대 안에서 기지개를 켜며 작은 투정을 부렸다.

"늦어도 열두 시까지는 협회로 들어가야 한다면서."

재식은 잠시 시간을 확인하며 그렇게 물었다.

"응. 그렇긴 한데, 지금 몸이 너무 노곤해서 일어나기 싫어."

수연은 마치 투정이라도 하듯 침대 시트를 끌어당기며 재식에게 말했다.

"어서 일어나. 어차피 가야 하잖아. 조금만 일찍 나가서 브런치나 같이 먹자."

재식은 침대에서 일어나지 않으려는 수연을 살살 달래며 그녀를 일어나게 만들었다.

"알았어!"

재식의 재촉에 수연은 침대 시트로 몸을 감싸며 샤워장 앞까지 다가갔다. 그러고는 시트를 놓기 직전에 문안으로 쏙, 하니 들어갔다.

아무리 모든 것을 보여 준 사이라고는 하지만, 벌건 대낮에 알몸을 보이는 것은 아직까지는 너무 부끄러운 일이었다.

쏴아아—

수연이 샤워장으로 들어가고 얼마 지나지 않아 물소리가 들려왔다.

그러자 아직도 힘이 남았는지, 재식의 신체 한 부분이 반응을 보이기 시작했다.

'들어갈까?'

재식은 물소리가 들리는 샤워장을 한 번 쓱 쳐다보았지만, 너무 갑자기 들이닥치면 수연이 싫어할 것 같아 참기로 했다.

사실 새벽에도 그렇고 방금 전에도 두 사람은 서로를 갈구하면서 많은 것을 확인했다.

그리고 조금 전만 해도 연인인 수연이 버거워해 아직 힘이 남아 있음에도 중단했다. 그런데 다시 욕구를 참지 못하고 그녀를 탐하는 것은 뭔가 자신이 사람이 아닌 짐승이 되는 것 같았다.

'다음도 있으니까…….'

사랑하는 연인과의 애정을 확인하는 데 꼭 관계만이 있는 것은 아니지만, 그래도 서로간의 친밀감에 중요한 부분을 차지하는 건 분명했다.

수연과의 첫 경험은 재식에게 구름 위에 둥둥, 떠 있는 듯한 느낌을 주었다.

그러한 기쁨에 재식도 솔직히 조금 더 그녀와 함께하고 싶은 마음이 간절했지만, 두 사람 다 맡고 있는 일이 있기에 무책임하게 서로의 사랑만 갈구할 수는 없었다.

"조금만 더 기다려."

수연은 샤워를 마치고 나오면서 재식에게 짧게 말을 하였다.

"천천히 해도 괜찮아."

여자가 외출을 하기 위해 준비하는 시간이 남자보다 더 오래 걸린다는 것은 재식도 잘 알고 있는 사실이었다.

비록, 연애 경험이 별로 없었지만 말이다.

＊　　　　＊　　　　＊

백제 호텔 현관 앞.

재식과 수연은 자신들의 차가 도착하길 기다리고 있었다.

부르릉!

"여기 있습니다."

발레파킹을 담당하는 호텔 직원은 차에서 내리며 최수연에게 차 키를 넘겼다.

"고마워요."

키를 받아 든 수연은 차에 오르며 재식을 돌아보았다.

"자기, 나 먼저 갈게. 저녁에 연락해."

"응. 나도 길드 일 보고 연락할게. 저녁에 봐."

"응, 알겠어."

부우웅!

작별 인사가 끝나기 무섭게 최수연은 액셀을 밟고 출발하였다.

그런 최수연의 차가 호텔 정문을 나가는 것을 지켜보던 재식도 어느새 도착한 자신의 차량에 오르며 백제 호텔을 떠났다.

수연과 헤어진 재식은 차를 몰아 관악산에 있는 길드 본부로 향했다.

언체인 길드의 본부는 관악산 몬스터 필드 내에 있었고, 또 길드의 간부들도 모두 그곳에 출근해 있으니 그곳으로 향하는 것이었다.

끼익!

몬스터 필드로 들어가는 게이트 근처 주차장에 차를 세웠다.

서둘러 내린 재식은 빠르게 신원 확인을 마치고 게이트를 통과했고, 게이트에서 얼마 떨어지지 않은 곳에 위치한 던전 안으로 들어갔다.

"모두 자리에 앉으세요."

한자리에 모여 있는 길드원들을 보며 재식은 자리에 앉을 것을 권했다.

정부의 발표로 헌터들에게 조만간 동원령이 떨어진다는 것을 알고 있기에 헌터들은 상당히 심각한 표정으로 재식을 쳐다보았다.

"모두들 알고 있겠지만, 조만간 정부에서 옛 북한 지역을 수복하기 위해 전국에 있는 헌터들에게 동원령을 내린다고 합니다."

재식의 말이 끝나기가 무섭게 웅성거리는 소리가 울려 퍼졌다.

뉴스를 통해 알고는 있었지만, 길드장인 재식이 다시 한 번 이야기를 꺼내자 헌터들 사이에서 작은 소란이 일은 것이었다.

재식은 길드원들이 동요하는 것을 막기 위해 손을 들어 올려, 시선을 자신에게 집중하도록 했다.

"아직 준비가 덜 된 길드원들도 있어 조금 불안하기는 합니다. 하지만 아직 정부에서 정확히 언제 수복 작전을 시작할지 일정을 정하지 않았습니다. 그러니 그동안 최대한 준비하여 이번 수복 작전에 우리 언체인 길드의 이름을 날려 봅시다."

"그럼 길드에 있는 모든 헌터가 다 나가는 겁니까?"

재식의 말이 끝나기 무섭게 김재환이 질문을 하였다.

"아닙니다. 4급 이상의 헌터만 이번 국토 수복 작전에 나갈 겁니다."

"그럼……."

"현재 북한 지역에 분포한 몬스터 중에는 분명 4급 미만의 헌터가 상대할 수 있는 몬스터가 있습니다만, 그곳은 몬스터 왕국이라 불릴 정도로 엄청난 숫자의 몬스터가 몰려 있는 지역입니다."

잠시 하던 말을 멈추고 장내를 돌아본 재식은, 비장한 표정을 하고 있는 길드원들을 보며 다시 진지하게 이야기하기 시작했다.

"많은 헌터들이 북한 지역을 수복하기 위해 나설 것이고, 그중에는 대형 헌터 길드도 있을 것입니다."

재식은 정부에서 발표한 북한 지역 수복에 대하여 어제 수연을 만나면서 대략적인 계획에 대해 이야기를 들었다.

그런데 그중 재식이 마음에 들지 않는 부분이 있었다.

그것은 바로 정부가 대형 헌터 길드의 참여를 북돋기 위해 많은 혜택을 준비하고 있다는 것이었다.

그중에는 기득권층인 대형 길드의 권력을 더욱 강화시킬 수 있는 요소도 포함이 되어 있었다.

바로 수복한 지역의 개발을 헌터 길드에 일임한다는 것이었다.

정부는 그곳에서 나온 수익을 인정하고, 세금만 내면 자치권마저 준다는 계획을 세웠다.

그걸 들은 재식은 다른 생각을 할 겨를이 없었다.

만약 자신과 척을 지고 있는 성신 길드에서 이러한 내용을 알게 된다면, 분명 지금처럼 국내를 놔두고 일본에서만 활동하지는 않을 것이었다.

지금이야 성신 길드의 성장을 막기 위해 다른 국내 대형 길드에서 견제하느라 국내 활동이 잠시 주춤하지만, 이렇게 대형 길드들이 다른 곳에 신경 쓸 수 없는 상황이 발생하면 국내 활동을 재개할 것이 분명했다.

그러는 가운데 자신이 길드를 만든 것을 알아차린다면, 성신 길드가 이를 그냥 두고 보지 않을 것 또한 사실이었다.

자신이 생각해도 척을 진 헌터가 성장을 하여 무리를 지었을 때, 분명 신경이 쓰여 무언가 행동을 벌일 터였다.

때문에 재식은 백강현도 자신의 생각과 같이 행동할 것이라 생각했다.

뿐만 아니라 백강현이 아니더라도 성신 길드 내에는 재식을 탐탁지 않게 생각하는 이들이 있었다.

성신 길드의 간판 레이드 팀인 더 비스트와 그들의 팀장, 최충식이 있었다. 아니, 이제는 숫자도 늘어 공대장이 됐으니 공대장이라 불러야 맞으리라.

어쨌든 최충식과 그를 추종하는 이들 때문에라도 재식이 길드장으로 있는 언체인 길드와는 충돌을 일으킬 것이 분명했다.

그리고 재식은 이를 그냥 두고 볼 생각이 추호도 없었다.

한마디로 어떻게 해서든 길드의 규모를 지금보다 더 키워야 할 처지에 놓인 것이다.

그렇지만 현재 언체인은 아직 생긴 지 얼마 되지 않은 소규모 헌터 길드에 지나지 않았다.

실질적인 능력이야 중형 헌터 길드와 비슷하지만, 겉으로 보이는 헌터의 숫자가 이제 겨우 두 개 공대 정도밖에 되지 않기에 얕잡아 보일 수도 있었다.

재식 본인이야 이제는 괴물이라 불리는 백강현과 붙어도 자신 있지만, 서포트를 하는 길드의 힘으로 따지면 아직까지는 성신 길드에 절반에도 미치지 못했다.

만약 언체인 길드의 전력이 성신 길드의 7할만 되어도 재식이 이런 고민을 하지 않았을 테지만, 현재 전력상 어쩔 수 없는 일이었다.

재식은 언체인 길드를 만들고 난 뒤 어떻게든 규모를 키우기 위해 노력을 했지만, 비슷하거나 더 큰 길드들의 방해로 쉽지 않았다.

일전에 성신 길드가 대형 길드로 크기 전에 기득권인 대형 길드들이 견제한 것처럼 말이다.

만약 김재환의 기존 공대원들과 헌터 협회의 도움이 없었다면, 지금의 길드원조차도 모으지 못했을 것이다.

다행히 재식의 가치를 잘 알고 있는 김중배의 배려로 지금까지 키워 왔지만, 슬슬 한계가 보이던 참이었다.

기본적으로 언체인은 무명의 신생 길드였다.

그러한 길드들은 언제나 그렇듯 인원을 모으기 힘들었고, 각종 방해와 재정적 어려움이 컸다.

물론, 재식의 재력이야 차고 넘쳤지만, 그 외의 것들은 어찌할 도리가 없었다.

그러니 이번 정부의 국토 수복 정책은 재식과 언체인 길드의 큰 기회라 할 수 있었다.

분명 대형 길드에 더욱 많은 혜택을 주기는 하겠지만, 언체인 길드와 재식에게도 떡고물이 떨어질 테고, 잘만 하면 떡 자체를 뺏어 올 수도 있는 일이었다.

정부의 계획이 정식으로 통과가 된다면 헌터 협회에서 자신에게 뭔가 의뢰할 것이 있을 것이었다.

짐작하기에는 아마도 소모성 아티팩트가 될 공산이 컸다.

재식이 생산하는 여러 포션들이 기존에 나오는 것보다 효과가 좋다는 걸 헌터 협회도 알고 있었다.

이는 재식이 생산하는 포션을 헌터 협회를 통해 위탁판매를 하고 있기 때문이었다.

그리고 헌터 협회에서는 재식이 위탁을 부탁한 포션 중 겨우 3할만 시중에 판매를 하고, 나머지 7할은 협회 내에서 소비하고 있었다.

헌터 협회 소속 헌터들이 하는 일은 위험한 경우가 많아, 보다 성능이 좋은 포션을 사용하려는 것임을 알기에 재식은 이를 묵인하고 있었다.

그러니 헌터 협회는 옛 북한 지역을 수복하기 위해, 헌터 총동원령을 내리기 전에 재식에게 더욱 많은 포션 생산을 의뢰할 것이 분명했다.

또 아티팩트는 아니더라도 아이템 생산량을 늘려 줄 것을 부탁할 것이 빤했다.

재식은 이러한 헌터 협회의 부탁을 들어주는 조건으로 자신이 필요로 하는 것들을 요구할 계획이었다.

그중 가장 중요한 것은 역시 마법진 시술 재료였다.

아직 마법진 시술을 받지 않은 길드원들에게 필요한 재료를 부탁할 것이고, 또 프리랜서로 활동하는 헌터 중 길드를 필요로 하는 이들을 소개받을 예정이었다.

길드원 같은 경우에는 처음부터 양성을 하는 것이 가장 좋은 방법이겠지만, 현재 언체인 길드의 사정으로는 그게 쉽지 않았다.

대형 헌터 길드들의 견제도 있지만, 우선적으로 언체인이 생긴 지 얼마 되지 않다 보니 기존 길드들에 비해 네임드가 떨어지는 것도 있었다.

언체인 길드의 길드장인 재식의 이름값이야 충분하지만 길드는 아니었다.

물론 길드장이 강하면 그 길드도 언젠가는 강해질 것이기는 했다. 그러나 그러기 위해선 상당히 많은 시간을 필요로 했다.

그러다 보니 일반적으로 헌터들은 신생 길드보다는 기존에 이름이 알려진 곳으로 몰리게 되는 것이었다.

길드원을 모으기 위해선 일단 유명해져야 하지만, 신생 길드는 그 유명세가 부족하기에 길드원을 모을 수 없었다.

이런 딜레마로 인해 재식은 어쩔 수 없이 김재환을 통해 길드원을 모으고, 또 헌터 협회의 인맥을 이용해 길드원을 모집해 왔다.

그리고 그들에게 기존 헌터 길드들이 주지 않는 많은 혜택을 제공함으로써, 길드의 결속을 다지며 소속감을 키워 갔다.

그러면서 언체인 길드의 일원이 된 이들을 이용해 하급 헌터들을 모집하기도 했지만, 생각보다 성과가 좋지 못했다.

그도 그럴 것이, 대기업의 후원을 받는 것도 아닌데, 작은 신생 길드에서 그러한 많은 혜택을 준다는 것이 쉽사리 믿기에 어려웠을 것이다.

다만, 몇몇 하급 헌터들이 호기심이나 헌터 협회의 보장 등의 여러 가지 이유로 가입하기는 했다.

하지만 이 정도 상승 폭으로는 한계가 있기에 재식은 이번 기회를 확실한 교두보로 사용하여 옛 북한 지역에 또 다른 거점을 마련할 계획을 세웠다.

북한 지역 수복은 결코 짧은 기간에 이루어지지는 않을 것이 분명했다.

때문에 재식은 자신의 능력을 십분 발휘하여 다른 대형 길드보다 먼저 북한 지역에 언체인 길드만의 교두보를 마련하고, 다른 길드에 소속되지 않은 프리랜서 헌터들을 끌어들일 생각이었다.

그렇게 모인 이들과 함께하다 보면 분명 다른 프리랜서 헌터들도 언체인 길드에 관심을 보일 것이었다.

그렇게 되면 자연스럽게 길드의 규모는 커지고, 눈덩이가 굴러가듯 더욱 많은 이들이 모여들 게 될 것이었다.

"우리는 다른 헌터 길드와 다르게 수복 작전이 시작되면 우선……."

재식은 자신이 백제 호텔에서 길드로 오는 과정에서 생각한 작전을 하나하나 길드원들에게 들려주었다.

재식의 이야기를 들은 길드원들의 표정은 시시각각 변했지만, 그 와중에 변하지 않는 것이 하나 있다면 놀라움이 항상 어려 있다는 것이었다.

정부의 국토 수복 계획 발표는 겨우 하루 전인 어제 발표
했는데, 길드장인 재식은 동원령이 내려지면 어떻게 길드를
운용할 것인지까지 세부 계획을 세워 왔기 때문이다.

　그리고 지금 열심히 설명을 하는 재식의 계획이 절대
허황되어 보이지 않는다는 것도 그들의 놀라움에 한몫했
다.

3. 국토 수복을 위해 필요한 것

언체인 길드는 길드장인 재식의 계획을 들은 뒤 신속하게 움직이기 시작했다.

아직은 정부의 발표만 있고 자세한 일정은 나오지 않은 상태지만, 정확한 일정이 잡히기 전에 다른 길드보다 먼저 움직이기 위해서는 많은 자원과 사람이 확보되어야만 했다.

게다가 재식은 정부나 헌터 길드의 예상과는 다르게 움직일 생각이었다.

북한 지역의 국토 수복 작전이 펼쳐지는 즉시, 재식은 언체인 길드의 길드원들과 함께 배를 타고 연평도 위에 있는 옛 강령군으로 상륙한다.

그런 다음 그곳에 교두보를 만들고, 강령군과 옹진군에 전초기지를 만들어 영역을 넓혀 나간다. 그러는 한편, 밑에서 올라올 다른 대형 길드 헌터들과 합류한다는 계획을 세웠다.

굳이 다른 헌터들과 처음부터 뒤엉켜 움직여 봐야 별다른 이득도 없고, 그렇게 해서는 다른 대형 길드들의 부스러기만 겨우 얻어먹을 것이 분명했다.

이미 정부는 대형 길드를 자신들의 작전에 끌어들이기 위해 많은 혜택을 주기로 한 상태였다.

아직 정확한 발표가 없으나, 아마도 지금쯤 어디선가 정부와 대형 길드 관계자들이 모여 협상을 벌이고 있을 것이었다.

언체인 길드처럼 작은 길드는 그런 혜택에서 벗어나 있을 터고, 그건 딱히 말하지 않아도 누구나 알 수 있는 일이었다.

그러니 자신의 것을 챙기기 위해서라도 다른 일반적인 상황에서 벗어나 자신만의 권리를 주장할 수 있는 근거를 마련해야만 했다.

재식은 그것이 바로 언체인 길드만 따로 움직여 영역을 확보하는 것이라 보았다.

어차피 정부는 옛 북한 땅을 몬스터로부터 수복만 하면

되는 것이니 말이다.

하지만 이러한 계획이 꼭 성공할 수 있다는 보장은 없었다.

아직 그곳에 어떤 몬스터가 자리를 잡고 있는지, 그리고 어떤 몬스터들이 분포하고 있는지 알 수 없기 때문이었다.

물론 언체인 길드에 속한 헌터들은 결코 약하지 않았다.

그동안 재식이 꾸준히 지원해 왔고, 길드원들도 재식이 준비한 것들을 착실히 수습하면서 이제는 여느 헌터 길드에 뒤지지 않는 전력을 확보하였다.

다만, 급하게 전력을 키우다 보니 아직 길드원들 간에 결속력이 조금 부족하며, 전력의 편차가 조금은 큰 편이었다.

그러한 불안 요소들을 해결하기 위해선 길드장인 재식이 많이 뛰는 수밖에 없었다.

게다가 계획대로만 된다면 그때까지 계속해서 프리랜서 헌터가 조금씩이나마 충원될 것이었다.

일단 중요한 것은 거점을 마련하는 것이었다.

그러기 위해서 필요한 것은 헌터뿐만이 아니었다.

수백 명의 건설 노동자와 조리사, 의사와 간호사 등 모든 일에는 수많은 사람이 필요했다.

그뿐만 아니라 상상도 할 수 없을 만큼의 자원도 확보되어야 했다.

*　　　*　　　*

그그그긍!

쿵, 쿵.

커다란 트레일러에 실려 온 콘크리트 블록들이 커다란 공터에 잔뜩 쌓여 있었다.

그리고 그 옆에서는 또 다른 트럭이 팔레트에 실린 간편 식품들을 내려놓고 있어 공터는 무척이나 시끄럽고 혼잡스러웠다.

"잠깐! 그건 거기 놓을 게 아니라니까요!"

한참 트럭에서 짐들이 내려지고 있는데, 한 사람이 뛰어와 음식이 담긴 팔레트를 옮기고 있는 지게차 운전기사에게 소리쳤다.

"아니, 저 사람이 여기에 내리라고 하던데, 무슨 소립니까?"

지게차 기사는 자신의 일을 막는 사람을 보며 쏘아붙였다.

"이건 저기, 저쪽에 옮겨 주세요. 여기에는 저기 내려지고 있는 콘크리트 블록이 올 예정입니다."

김재환은 미리 말하지 못한 걸 깨닫고, 자신에게 따지는 지게차 운전기사에게 정중하게 이야기하였다.

이 자리는 원래 음식이 담긴 팔레트가 내려질 예정이었다.

그러나 전초기지가 세워질 강령군이 생각보다 평지가 많았고, 그 때문에 진지방어를 위한 콘크리트 블록의 숫자가 예상보다 늘어나게 되었다.

원래 계획은 지형을 이용해 최대한 콘크리트 블록을 적게 사용하려 했다.

하지만 뒤늦게 지형 파악을 한 뒤 준비한 기존 물량보다 많은 블록이 필요하다는 결론을 내리고, 지금 한참 콘크리트 블록을 더 주문한 상태였다.

그 때문에 원래 식료품을 쌓아 둘 공간을 다른 곳으로 옮기게 되었는데, 현장에 제대로 전달되지 않아 이런 일이 벌어진 것이었다.

"죄송하지만 여기 있는 것들도 저쪽으로 좀 옮겨 주십시오."

김재환은 계속해서 웃는 낯으로 지게차 기사에게 양해를 구했다.

자신의 일이 늘어나게 된 지게차 운전기사의 표정이 살짝 구겨지긴 했지만, 웃으며 양해를 구하는 김재환에게 더 이상 화를 내기도 뭣해서 그도 어쩔 수 없이 수긍할 수밖에 없었다.

"다음부터는 확실하게 자리를 잡은 뒤 이야기를 해 주십시오."

지게차 기사는 그렇게 작게 투덜거리고는 재환이 가르쳐 준 방향으로 팔레트를 옮기기 시작했다.

탕, 탕.

"들으셨죠? 기사님도 차를 저쪽에 세워 주십시오."

재환은 트럭 운전기사에게도 지게차 기사가 하는 모습을 가리키며 말했다.

"알겠습니다."

어차피 트럭 운전기사야 지게차가 물건을 내리기 편하게 자리를 잡아 주면 되는 것이기에 별로 어려울 게 없었다.

부르릉―

재환은 자신의 지시가 제대로 이뤄지고 있는지 확인을 하기 위해 고개를 돌려 주변을 훑었다.

그의 눈에는 분주히 움직이고 있는 트럭과 지게차, 그리고 이들에게 지시를 하고 있는 언체인 길드의 행정직 직원들의 모습이 보였다.

원래라면 이런 중요한 일에는 길드장인 재식이 총괄하지는 않더라도 주변에 있으며 진행 상황을 확인해야겠지만, 현재 재식은 다른 일을 해야 하기에 오랜 시간 이 자리에 나타나지 않았다.

그러다 보니 부길드장이 된 재환이 길드장을 대신해서 총괄 감독을 맡아야만 했다.

＊　　　＊　　　＊

재환이 인천항 인근 야적장에서 국토 수복 작전에 필요한 물자를 받아 정리하고 있을 때, 재식은 필요한 것을 구하기 위해 돌아다니고 있었다.

그리고 지금, 자신의 계획에 꼭 필요한 물건을 위해 헌터 협회를 찾아가는 중이었다.

그도 그럴 것이, 재식이 원하는 물건은 돈이 있다고 해서 마음대로 구할 수 있는 물건이 아니기 때문이었다.

그가 구하려는 것은 바로 군에서 사용하는 무기인데, 이는 헌터 협회를 통해서도 구할 수 있을 지 확신하지 못하는 상태였다.

헌터는 그 자체만으로도 전술 무기에 속한다.

일반적으로 하급 헌터야 일반인과 별다른 차이가 거의 없기에 상관없었지만, 각성이나 유전자 변형 시술을 받아 중급 헌터가 되면 그때부터는 취급이 달라졌다.

아무리 차원 게이트로 인해 몬스터가 출몰한다고 해도 대한민국은 아직까지 개인이 무기를 소지하는 것을 극히 꺼려

했다.

그것도 원거리 투사 무기에 관해서는 원천적으로 군인이나 경찰 외에는 구입이나 소지를 엄격히 금하고 있었다.

대격변 이전에는 사냥이나 수렵용으로 일부 총기류에 관해서는 허가를 내주기도 했었지만, 대격변 이후에는 그런 것도 금지가 되었다.

엽총이나 공기총으로는 일부 최하급 몬스터를 제외하면 몬스터를 상대하는 것도 힘들었고, 또 오히려 상처를 입혀 더욱 위험해지는 경우가 종종 발생했다.

이에 정부는 기존에 허가한 수렵면허도 반납하도록 하고, 엽총이나 공기총도 회수해 폐기하였다.

그러다 보니 군 관계자가 아닌 이상 헌터라도 화기를 구할 길이 없었다.

그러니 재식은 자신이 아는 사람 중 가장 높은 지위를 갖고 있고, 정부와 연이 닿아 있는 김중배 헌터 협회장을 만나려 가는 중이었다.

어차피 화기를 구입하려는 이유도 정부가 발표한 국토 수복 계획의 일환으로 준비하는 것이니 분명 도움을 줄 것이라 생각했다.

꼭 그것이 아니더라도 재식 자신이 김중배와 헌터 협회를 위해 해 준 것을 생각하면 거절하지 않을 것이란 계산도 깔려 있었다.

탁.

이윽고 헌터 협회에 도착한 재식의 차량 문이 열렸고, 그는 내리자마자 빠른 걸음으로 김중배가 있는 협회장실로 향했다.

사전에 미리 연락을 하고 가는 것이기에 재식의 걸음걸이에는 거침이 없었다.

똑똑.

재식은 가볍게 노크를 하고 안으로 들어갔다.

"어떻게 오셨습니까?"

재식이 헌터 협회장실로 들어서자 비서가 재식을 맞았다.

"네, 김중배 협회장님을 뵈러 왔습니다."

"어디서 오셨습니까?"

"네. 언체인 길드, 아니, 정재식이라고 합니다."

재식은 자신이 길드장으로 있는 언체인 길드를 언급하다가 다시 정정했다.

언체인 길드는 그리 이름이 알려지지 않아 비서가 모를 수도 있었지만, 대한민국 네 번째 공식 S급 헌터인 자신은 알고 있을 것이라 생각해 이름을 밝힌 것이었다.

원래 있던 김중배의 비서였다면 이런 절차도 필요가 없을 것이지만, 오늘 협회장을 만나러 와서 보니 어느새 김중배 협회장의 비서가 바뀌어 있었다.

그게 아니라도 언젠가는 또 헌터 협회장인 김중배를 만나기 위해 이곳을 찾을지 모르는 일이기 때문에 한 번쯤은 자신에 대하여 밝힐 필요가 있었다.

"네, 들어가십시오. 기다리고 계십니다."

재식이 자신의 이름을 밝히자 비서는 얼른 자리에서 일어나 그를 안내했다.

똑똑똑.

"언체인 길드에서 정재식 헌터님이 오셨습니다."

재식의 이름은 방금 들어 알고 있지만 언체인 길드에 대해서는 모르는지, 길드장님이 아닌 헌터님이라는 수식어를 붙였다.

"들어와요!"

문 안쪽에서 들어오라는 말이 들려왔다.

"들어가시죠."

비서는 문을 열고 자리를 비켜 주었다.

재식은 그런 비서에게 살짝 목례를 하고는 김중배가 업무를 보고 있는 집무실로 들어갔다.

"안녕하셨습니까?"

문을 열고 들어가자마자 재식은 자리에서 일어나고 있는 김중배에게 정중히 인사를 했다.

"뭘 새삼스럽게… 정재식 길드장도 잘 있었죠?"

"아, 예……."

재식은 평소와는 다르게 친근하게 자신을 맞아 주는 김중배 협회장의 모습을 보고, 약간 어색한 미소를 지으며 답했다.

헌터 협회장의 자리도 사실 정치적인 자리이다 보니 사람들에게 대하는 태도가 조금은 권위적으로 느껴지는 김중배였는데, 오늘은 무언가 부탁할 것이 있는지 너무나도 부드러웠다.

하지만 재식 또한 그에게 부탁할 것이 있어 찾아온 것이기에 이를 티내지 않고 고개를 숙이며 조심스럽게 행동했다.

"그래. 어쩐 일로 절 찾아오신 겁니까?"

김중배는 입가에 미소를 띠며 물었다.

"예. 정부에서 전국에 있는 헌터들을 동원해 옛 북한 지역의 몬스터를 몰아낸다는 소식을 들었습니다."

"아, 그것 때문에 오셨군요."

"네, 그렇습니다."

"그럼 정재식 길드장도 이번에 동참을 하시는 겁니까?"

김중배 협회장은 눈을 반짝이며 물었다.

사실 그의 계획에는 재식이 들어 있지 않았다.

그게 아니라도 헌터들이 북한 지역을 수복하기 위해 동원이 되면, 재식만큼은 서울에 묶어 둘 생각이었다.

그도 그럴 것이, 헌터 동원령이 발동돼 모든 헌터가 북쪽으로 올라가면 정작 남쪽 지역은 무방비가 될 것이 분명했다.

지금이야 차원 게이트가 발생하는 비율이 뜸해졌다지만, 아직도 브레이크 타임이 임박한 차원 게이트는 전국에 널려 있었다.

뿐만 아니라 언제 어디서 발생할지 모르는 돌발 게이트까지 생각을 한다면, 동원령이 발령이 되더라도 일정 비율의 헌터는 남겨 두어야만 했다.

그런데 여기서 문제가 있었는데, 과연 누구를 남겨 두냐는 것이었다.

만약 정부에서 준비하는 혜택이 없었다면, 대형 길드는 예비로 남으려 했을 것이다.

하나, 정부에서는 자신들이 세운 계획을 꼭 성공시키기 위해 대형 길드에게 엄청난 혜택을 주려고 협상 중이었다.

게다가 최근 대한민국에서는 재앙이라 할 수 있는 7등급 보스 몬스터가 출몰한 적이 있었다.

다행히 앞에 앉아 있는 재식을 필두로 이백여 명의 6등급 이상의 헌터들이 동원되어 겨우 막아 냈다.

국내에 존재하는 헌터 중 7등급 보스 몬스터를 잡을 수 있는 헌터는 공식적으로 재식까지 네 명뿐이었다.

그러나 그중 두 명은 실종과 부상으로 전력 외로 빠졌고, 또 한 명은 현재 일본에서 활동하고 있었다.

헌터 동원령이 내려진다고 해서, 일본에 있는 성신 길드나 길드장인 백강현이 한국으로 들어온다는 보장이 없었다.

현재 일본에서 성신 길드와 백강현은 자국민이 아님에도 일본의 영웅으로 취급받으며 승승장구하고 있기 때문이었다.

그러니 현재 헌터 협회에서 파악하고 있는 S등급 헌터 중 7등급 보스 몬스터를 막을 수 있는 전력은 앞에 있는 재식뿐이었다.

성신 길드와 백강현이 국토 수복 작전 전에 국내로 들어온다면 많은 도움이 되겠지만, 현재로서는 그것마저 불투명한 상태였다.

그렇기 때문에 김중배는 혹시나 있을지 모를 위험에 대비해 재식을 후방에 남겨 둘 계획이었다.

그런데 재식이 직접 찾아와 정부의 국토 수복 계획에 대해 할 말이 있다하니 그로서는 난감할 따름이었다.

분명 S급 헌터인 재식이 정부의 국토 수복 계획에 동참을 한다면 많은 도움이 될 것이 분명하지만, 대한민국의 수도이자 심장이라 할 수 있는 서울의 안전도 무척이나 중요했다.

협회장의로서의 입장도 그러했지만, 그것 말고도 윗자리에 앉아 있는 이들도 그것을 걱정해 왔다.

애초에 그런 걱정을 할 것이면 이렇게 급하게 계획을 세우지 말았어야 한다고 따지고 싶지만, 그들이 그런 것까지 생각하며 움직이진 않았을 터.

김중배는 그러한 난감한 상황에 처해 있는 것이었다.

하지만 이런 사정을 모르는 재식은 자신의 계획을 자신 있게 말했다.

지금까지 수백 번의 시뮬레이션과 수많은 회의를 거쳐 탄생한 그의 계획은 어디에 내놔도 꿀릴 것이 없었고, 이러한 것을 협회장인 김중배도 알아차릴 것이라는 자신감의 발로였다.

"저희 언체인 길드에서는 다른 헌터 길드와 행보를 달리할 생각입니다."

"네? 그게 무슨……."

"잠시 제 이야기를 들어 주시겠습니까?"

재식은 당혹스러워 하는 김중배에게 자신의 계획을 일부 들려주었다.

"6.25 때 맥아더 장군이 공산당군의 허리를 치기 위해 인천에 상륙작전을 펼치던 것은 알고 계시겠지요."

"알고 있습니다. 그런데 갑자기 그 얘기는 왜 꺼내는 거지요?"

재식은 그의 말에 방긋 웃으며 준비해 온 서류를 꺼내 협회장 앞에 펼쳤다.

"인천 상륙작전과 같이 저희도 바로 이곳을 통해 옛 북한 땅에 들어갈 생각입니다."

서류 중 하나는 황해남도와 황해북도가 찍혀 있는 위성사진이었는데, 재식은 한곳을 콕 짚으며 얘기했다.

"바로 이곳! 강령군을 중심으로 거점을 만들어 차근히 국토를 수복해 갈 것입니다."

언체인 길드와 자신은 맥아더 장군처럼 적진을 우회해 들어가서, 강령군에 교두보와 전초기지를 만들어 몬스터를 퇴치한다는 얘기를 꺼냈다.

그 이야기를 들은 김중배는 재식의 계획이 기발하다고 생각했지만, 또 한편으로는 걱정이 되었다.

북한 지역은 말 그대로 몬스터 왕국이었다.

수많은 몬스터들이 분포해 있어, 일개 헌터 길드의 전력으로는 쉽게 자리를 잡을 수 없을 것이란 생각이 들었다.

"그게 가능하겠습니까? 정재식 길드장이야 충분히 그럴 수 있다고 하지만, 언체인 길드의 전력으로는 밀려드는 몬스터들을 막아 낼 수 없을 텐데요."

김중배는 조심스럽게 물었다.

재식의 강함이야 익히 알고 있는 사실이었다.

하지만 그의 밑에 있는 언체인 길드의 헌터들은 좀처럼 믿음이 가지 않았다.

아무리 잘 쳐줘도 5등급 헌터 내지는 겨우 6등급에 걸친 헌터들이었다.

그마저도 숫자가 얼마 되지 않는 언체인 길드가 수만에 이를 몬스터를 잘 막아 낼 수 있을지 의문이 들기 때문이었다.

*　　　*　　　*

웅성! 웅성!

활기가 물씬 풍기는 오후 강남의 어느 건물, 정부 인사들과 대한민국을 대표하는 10대 길드장 일부가 모여 모임을 가지고 있었다.

그런데 이런 모임을 가지는 것이 비밀이라도 되는 듯, 모임을 가지는 장소 주변으로 범상치 않은 이들이 철통같이 경계를 서고 있었다.

그러한 곳에서 누군가가 한 사람을 보며 입을 열었다.

"그러니까 우리들 보고 이번 정부의 발표에 협조하라는 것입니까?"

대한민국 10대 길드 중 1위에 있는 화랑 길드의 부길드장, 마지운이 질문했다.

다른 길드들이야 정부와 협상을 하는 자리에 수장인 길드 장들이 있었지만, 현재 랭킹 1위의 화랑 길드는 길드장인 무신이 실종된 상태라 임시 길드장으로 업무를 보고 있는 부길드장이 대신 자리했다.

"헌터 총동원령이 발령되는데, 그럼 당연한 것 아닙니까!"

마지운의 물음에 정부 쪽 자리에서 한 사람이 짜증스럽게 소리쳤다.

하지만 헌터 길드장들은 절대 그런 정부 측 주장을 곱게 들어줄 생각이 없었다.

"뭐가 당연하다는 겁니까? 헌터 시행령 2조 3항에 보면 헌터 총동원령은, 국가 존망의 위기가 닥쳤을 때만 내릴 수 있다고 나와 있습니다. 그런데 그런 것도 아닌 상황에서 정부가 문제를 덮기 위해 이용할 수는 없습니다."

"아니, 그게 무슨 소립니까. 문제를 덮기 위해서라니요!"

자신의 말에 반박하며 나서는 헌터 길드장들을 보며, 이 낙훈 총리는 목에 핏대를 세워 고함을 질렀다.

하지만 이낙훈 총리의 핏대 세운 호통에도 헌터 길드장을 맡고 있는 이들은 눈 하나 깜빡이지 않았다.

다만, 느긋한 마음으로 이낙훈 총리와 정부 인사들의 면면을 살펴볼 뿐이었다.

헌터 길드장들이 이렇듯 느긋하게 정부 인사들을 대할 수 있는 이유가 있었다. 바로 이번 정부 발표가 전적으로 자신들에게 유리하기 때문이었다.

막말로 자신들이 협조하지 않으면, 정부의 국토 수복 계획은 제대로 굴러가지 않을 것이 분명했다.

때문에 어떻게든 정부의 협상단에게 더욱 많은 이득을 끌어내기 위해 이렇게 배짱을 부리는 것이었다.

'제길……'

이낙훈 총리도 겉으로는 화가 난 듯 핏대를 세우고 있지만, 언제든 어르고 달랠 준비를 하고 있었다.

이번 일을 성공시키려면 이들의 협조가 반드시 필요하기에 어쩔 수 없는 일이었다.

"헌터 시행령 2조 3항의 내용이 그렇다 하지만, 헌법에 대한민국 영토는 압록강과 두만강을 포함한 한반도 전체입니다. 그 말은 몬스터 왕국이 되어 버린 북한 지역도 우리 대한민국의 국토란 소리죠."

국토교통부 장관은 잠시 소강상태가 된 장내 모습을 살피며 조용히 끼어들었다. 순간 분위기가 반전되었고, 그는 다시금 입을 열었다.

"그리고 헌터 시행령 1조 1항에는 대한민국 국토에 6등급 보스 몬스터 이상이 출현할 경우, 반드시 신고와 함께 모든 헌터가 협력하여 처리하여야 한다는 내용이 있는 걸로 알고 있습니다."

그런 그의 발언에 이낙훈 총리의 표정이 조금은 풀렸고, 대신 헌터 길드장들의 표정은 순식간에 굳어 버렸다.

헌법에 나온 그대로 발언을 한 것이지만, 대한민국 국민으로서 이를 무시할 수가 없었다. 헌터 길드장들로서는 방금 전 국토교통부 장관의 발언에 반박할 수가 없었다.

그러다 보니 헌터 시행령 1조의 내용을 떠올리지 않을 수가 없게 되었다.

헌터 시행령은 대격변 중기에 시행된 법이었다.

당시 군에서 헌터라 불리는 각성자들을 통제해 왔는데, 이를 풀어 가던 와중에 헌터들의 고삐를 죄기 위해 만들어졌다.

그때는 몬스터를 사냥하던 각성자와 유전자 시술을 받은 특수부대원들이 모두 몬스터 헌터라 불리던 시기였다.

그런데 헌터들의 권익에 대한 문제가 불거지면서 군과 헌터를 분리하게 되었고, 그러면서 헌터 시행령이 만들어지게 된 것이었다.

비록 헌터가 군의 통제에서 벗어나긴 했지만, 그 무력은 결코 경찰이 통제할 수 있는 범위가 아니었다. 그렇기에 정부는 혼란을 최소화하기 위해, 자율과 통제의 비중을 적절히 조화시켜 헌터 시행령을 만들었다.

그렇게 만들어진 시행령 중 1조는 막강한 권력을 가지고 있는 헌터 길드장이라 해도 이를 쉽게 무시할 수가 없었다.

혹시라도 이것을 위배할 경우에는 국가 반역 행위에 준하는 형법으로 취급되기 때문이었다.

예를 들면 6등급 보스 이상의 몬스터가 출현했는데, 이를 헌터나 헌터 길드가 막지 않고 도망을 치는 경우가 있었다.

또 다른 예로는 헌터 길드에 이를 알리지 않고 자체적으로 해결하려고 했을 때가 있었다.

그럴 경우에 피해 규모에 따라 헌터는 사형 또는 무기징역, 헌터 길드는 해산과 자격정지 처분에 처할 수 있다는 내용이었다.

사형과 무기징역은 말할 것도 없이 상당한 처벌이었고, 자격정지는 사실상 헌터 생활이 끝장 난 거나 다름없었다.

만약에 자격정지 상태에서 다른 사람이나 본인의 목숨을 구하기 위해서가 아닌 이윤 추구 목적으로 몬스터 사냥을 하였을 경우에는, 범죄자로 취급을 하고 경우에 따라선 재판 없이 즉결심판으로 사살될 수도 있었다.

그런데 방금 국토교통부 장관이 그런 내용의 헌터 시행령 1조 1항을 언급한 것이라 헌터 길드장들도 순간 움찔하였다.

"그렇다 하더라도 현 상황에서는 정부도 헌터를 강제할

권한이 없음을 잘 알고 있을 텐데요."

마지운은 눈을 차갑게 빛내며 말했다.

그도 그럴 것이, 이번 정부의 국토 수복 계획을 헌터 시행령 1조로 묶을 수 있음에도 지금까지 정부에서 헌터들에게 강제하지 않은 것은 다 사정이 있기 때문이었다.

대격변 이후 헌터는 계속해서 늘어났다.

하지만 몬스터 또한 게이트 브레이크로 계속해서 쏟아져 나오고 있는 상태였다. 그러니 정부는 북한 지역까지 대한민국 영토라 주장을 하면서도 현실적인 문제로 1조항을 시행하지 않고 있었다.

그런데 아직 현재의 영토에 있는 몬스터도 완벽하게 처리하지 못하는 상태에서, 몬스터 왕국이라 불리고 있는 북한 지역까지 영토로 수복한다며 현 정부에서 무리한 발표를 해 버렸다.

누가 봐도 이것은 무리한 계획이었고, 또 현 정부가 가지고 있는 구설수를 덮기 위해 억지로 만든 발표라 여겼다.

그렇기에 헌터 길드장들도 정부 대표로 나온 이들을 상대로 이렇듯 배짱을 부릴 수 있는 것이었다.

"물론 그렇게 생각할 수도 있습니다. 그렇지만 여러 길드장님들께서는 언제까지 성신 길드의 독주를 두고 보시기만 할 것입니까?"

국토교통부 장관은 오늘 협상에 나온 헌터 길드장들을 빤히 바라보며 그들이 꺼려하는 문제를 꺼냈다.

그것은 바로 일본으로 넘어간 성신 길드였다.

괴물 백강현이 장으로 있는 성신 길드는 여기 있는 길드장들이 무척이나 상대하기 싫어하는 위인이었다.

뇌신과 무신을 포함한 이들 세 명은 대한민국 헌터 중 최강으로 꼽았다.

그중 헌터 협회에 소속된 뇌신 김현성은 헌터 협회에 소속되어 있기 때문에 이 자리에 있는 헌터 길드와 경쟁하는 관계가 아니었다.

그리고 화랑 길드의 마스터인 무신 이용진의 경우에는 벌써 10년이 넘도록 모습을 보이지 않고 있었다.

그러니 비록 화랑 길드가 국내 랭킹 1위라 하지만, 이 자리에 있는 길드장들은 화랑 길드를 그렇게 두려워하지 않았다.

하지만 성신 길드는 앞의 두 경우와는 전혀 달랐다.

백강현에게는 그를 지원할 수 있는 성신 길드라는 헌터 조직이 있었고, 또 길드를 뒷받침해 줄 수 있는 성신 제약이란 기업이 있었다.

즉, 백강현에게는 개인적인 무력과 자신을 받쳐 줄 수 있는 무력 조직, 또 그런 조직을 운용할 수 있는 재력까지 모든 걸 갖추고 있었다.

더욱이 백강현은 무신이라 불리는 이용진이나 뇌신 김현성과 다르게, 국내에서 출현한 국내 최초 7등급 몬스터를 사냥했다는 타이틀도 가지고 있었다.

무신 이용진이나 뇌신 김현성이 당시에 압도적인 활약을 하지 않았다면, 이들 세 사람 중 최강은 무신이나 뇌신이 아닌 괴물 백강현이라 불렸을 지도 몰랐다.

그리고 국내의 정세는 현재와 아주 다르게 펼쳐지고 있을 것이 분명했다.

그러한 상황이기에 대형 헌터 길드들은, 암묵적으로 손을 잡고 백강현이 길드장으로 있는 성신 길드가 크지 못하게 막아 왔었다.

하지만 백강현은 국내에 머물지 않고 활동 영역을 일본까지 넓혔다.

결국에는 일본에 출현한 7등급 보스 몬스터를 퇴치하면서 일본의 영웅으로 떠올랐다.

그리고 일본은 또 언제 나타날지 모르는 또 다른 제2의 야마타노 오로치와 같은 재해급 몬스터를 막기 위해, 또 당시의 실패로 무너진 헌터 전력을 극복하기 위한 방편으로 백강현과 성신 길드를 영웅화시켰다.

그 때문에 성신 길드는 성장이 막힌 국내보다 자신들에게 각종 혜택을 주며 영웅시하는 일본으로 거의 대부분 넘어가 버렸다.

국내에서는 다른 대형 길드들의 견제로 던전에 들어가지도 못하고 몬스터 레이드도 쉽지 않은 것에 비해, 일본은 등급이 높은 던전들이 널려 있었다.

그러니 성신 길드에 소속된 헌터들은 일본에서 입맛에 맞게 던전을 골라 들어가기만 하면 되었다.

뿐만 아니라 일본은 마치 성신 길드가 자국 헌터 길드인 것처럼 길드 가입의 경계를 무너뜨리며, 자국의 헌터들이 성신 길드에 가입하는 것을 막지 않았다.

이런 정책으로 인해 성신 길드는 늘어난 헌터로 인해 성장할 수 있게 되었고, 소속 길드원들도 정예화할 수 있게 되었다.

이러한 것은 비단 성신 길드만 이익을 본 것은 아니었다.

일본은 일전에 자국에 나타난 7등급 보스인 야마타노 오로치에게 고위급 헌터들이 모두 당하는 바람에 던전 브레이크와 차원 게이트를 제대로 관리하지 못하게 되면서 심각한 피해를 입은 상태였다.

그런데 성신 길드에 대한 길드 가입 조건을 완화하는 한편, 자국의 헌터 길드처럼 각종 혜택을 마구 퍼주자, 일본의 하급 헌터들이 성신 길드에 가입하여 실력이 부쩍 늘었다.

그렇게 자국의 헌터들 실력이 안정적으로 늘어나면서 기

존 던전들과 몬스터 필드를 통제하는 데 조금은 숨통이 트였다.

이러한 사실을 너무도 잘 알고 있는 대형 길드들로서는 백강현과 성신 길드가 더욱 눈엣가시로 보일 수밖에 없었다.

"음……."

장관의 입에서 나온 성신 길드란 이름을 듣고, 길드장들은 작게 신음을 흘렸다.

하지만 이대로 물러날 수는 없었다.

그것은 그것이고, 자신들의 이익은 양보할 수는 없는 문제라 여겼기 때문이다.

현재 성신 길드가 일본에서 막대한 자본을 벌어들이며 날로 번성하고 있는데, 나중에 그렇게 축적된 힘을 국내에 쏟게 된다면 다른 길드로서는 도저히 버틸 재간이 없었다.

그러니 자신들도 일본 정부의 각종 혜택을 받으며 크고 있는 성신 길드만큼은 아니라 하더라도 한국 정부에 어느 정도 혜택을 양보받을 생각으로 이 자리에 나온 것이었다.

그러한 서로의 입장 차이가 있다 보니, 정부 측과 헌터 길드장들의 의견이 충돌하여 협상은 지지부진하게 이루어져 가고만 있었다.

＊　　　　＊　　　　＊

"허허, 그게 가능하다고 생각하시는 겁니까?"

김중배 협회장은 재식의 이야기를 모두 듣고는 어처구니없다는 표정으로 물었다.

그도 그럴 것이, 법으로 금지된 무기, 그것도 강력한 화력을 갖은 기관포를 하나도 아니고, 무려 열 정이나 구해 달라고 하지 않는가.

"하나도 허가해 주기 힘든 것을 무려 열 정이나 달라니… 허!"

김중배는 정말이지 어처구니없다는 표정으로 헛바람을 내뱉었다.

하지만 부탁을 하는 재식은 그의 말에 동조하지 않았다.

"그게 왜 말이 안 된다고 생각하십니까?"

재식은 왜 말이 안 되냐는 듯 조곤하게 자신의 뜻을 내비쳤다.

분명 정부에서 국토 수복이라고 하였다.

몬스터를 몰아내고 나서 그 지역을 그냥 놔두면 어떻게 되겠는가.

결국에는 몬스터가 다시 들어올 터고, 그간 막대한 자원을 쏟아부은 헌터 길드와 정부는 헛고생을 하게 된다.

초기에야 많은 헌터 때문에 뒤로 쫓겨날 테지만, 몬스터들은 일정 숫자가 모이게 되면 헌터들의 숫자를 두려워하지 않게 될 터.

그리고 그때가 되면 본격적인 국토 수복 전쟁이 시작될 것이었다.

아무리 강력한 헌터들이라도 무한정 몬스터와 전투를 벌일 수는 없는 일이었다.

전투가 끝나면 휴식을 취하고, 밤이 되면 잠을 자야 한다.

만약 잠도 자지 않고 매일 몬스터와 전투를 벌인다면, 아무리 초인이라 불리는 헌터라도 피로에 찌든 채 어느 순간 몬스터에게 죽을지 몰랐다.

그러니 전투 후 쉴 공간이 필요하고, 잠을 잘 때는 안전한 잠자리가 필요했다.

일부 헌터들을 차출하여 몬스터를 막거나 경계할 수 있지만, 그런 경계를 서는 헌터들조차도 언젠가는 쉬어야만 했다.

그렇기에 헌터들만으로는 한계가 있었고, 전초기지를 확보하기 위해선 현대적인 무기도 필요했다.

"안전한 거점을 만들기 위해선 중화기가 반드시 필요합니다."

재식은 정부의 계획을 성공하기 위해서는 많은 것이 필요하고, 그중 하나가 군에서 사용하는 중화기란 것을 역설했다.

"헌터는 최대한 몬스터 사냥에만 힘을 쏟고, 그 외의 시간은 휴식과 정비를 해야 최대한의 효율을 뽑아낼 수 있습니다."

잠시 말을 끊은 재식이 눈에 힘을 주고서 김중배를 빤히 바라봤다.

그는 아직도 깊게 생각에 빠진 듯 보여 재식은 더욱 강한 어조로 다시금 말을 이었다.

"그런데 전투를 벌일 헌터들이 안전 구역 하나 없이 몬스터들의 침입을 신경 써서야 되겠습니까?"

재식은 어떻게 하든 자신의 계획이 관철되게 김중배를 설득하려 했다.

"제가 서울이나 다른 곳에서 사용하겠다는 것도 아닙니다. 그저 정부에서 발표한 대로 국토 수복을 위한 전초기지 방어에만 사용하겠다는 겁니다. 협회장님, 제발 도움 좀 주십시오."

오로지 국토 수복을 위해서만 총기를 사용한다는 재식의 설명에 김중배는 잠시 말없이 그 말을 되짚어 보았다.

'다른 헌터 길드들과 함께하지 않는다라. 게다가 몬스터가 많지 않은 지역에 먼저 들어가 전초기지를 만들겠다니

나쁘지 않은데…….'

생각하면 할수록 재식의 계획에 조금씩 끌리기 시작했다.

그렇지 않아도 정부에서 자신들의 비리를 숨기기 위해 억지로 북한 땅을 수복한다는 계획에 난감해하던 김중배였다.

사실 김중배가 헌터 협회장이다 보니, 대한민국 영토인 북쪽 땅을 수복하고 싶은 생각이 아주 없는 것은 아니었다.

아니, 오히려 자신이야 말로 더욱 염원하던 일이었다. 하지만 현실적으로 그것은 불가능에 가까운 일이었다.

그도 그럴 것이, 기존 기득권을 가지고 있는 대형 길드에서 제대로 협조할 것인지도 의문이었지만, 과연 어떤 식으로 몬스터 왕국이 된 북쪽 땅으로 들어갈 것인지도 관건이었다.

지형적으로 다수의 인원이 북쪽으로 난 경계선을 단번에 넘는 것은 결코 쉽지 않았다.

그러다 보니 몇몇 구간을 빼고는 다수의 인원을 운용할 수가 없는 실정이었다.

그 때문에 만약 억지로 밀어붙인다면, 일부 구간에서 병목현상이 벌어질 수도 있었다.

그렇게 되면 최전방에 있는 헌터는 쉬지도 못하고 계속해서 몬스터와 전투를 벌일 것이다.

반면에 뒤처진 헌터는 제대로 쉬지도 못하고 계속해서 대기만 할지도 몰랐다. 그러다가 쓰러진 전방의 헌터를 대신해 정신적으로 지친 상태에서 몬스터와 전투에 돌입하게 될 터.

육체적으로 일반인보다 월등하다고는 하지만, 몬스터와 비교하면 헌터들의 체력이 엄청나게 뛰어난 것이라 볼 수 없었다.

더욱이 헌터는 많은 몬스터를 상대해야만 했다.

마치 6.25 당시, 중국 공산당의 인해전술과도 같은 몬스터 떼를 상대로, 헌터는 점차 소모되어 결국 몬스터에게 밀려날 것이 뻔했다.

그런데 재식의 계획을 들여다보면, 몬스터와 접점이 되는 부분을 피해서 그 뒤쪽에 일부 헌터들이 전초기지를 마련한다는 내용이었다.

그렇게 되면 모여들 몬스터 중 일부를 다른 쪽으로 유인할 수도 있었다.

만약 가능만 하다면 최전방에 있을 헌터들의 부담을 조금이나마 줄일 수 있었고, 육로로 넘어갈 헌터들의 생존율도 높일 수 있었다.

그것은 헌터 협회가 수립된 이유이기도 했다. 그러니 협회장인 김중배가 생각하기에도 재식의 계획이 썩 마음에 들었다.

"음, 나쁘지 않군!"

"그렇죠. 교두보를 설치하는 것과 전초기지를 세우는 초기가 조금 위험할 수는 있지만, 그것은 몬스터 헌터를 하는 사람이라면 당연히 겪는 일이니 감수해야 할 사항입니다. 거기에 저희 길드와 협회 직할팀의 지원이 있다면 더욱 안전하게 계획을 이룰 수 있을 것입니다. 게다가 위험을 최소화하기 위해 이렇게 협회장님께 중화기를 부탁드리는 것이고요."

재식은 협회장인 김중배가 어느 정도 자신의 생각에 동조를 하는 느낌을 받았다.

이때다 싶은 재식은 눈을 반짝이며, 헌터 협회에 소속된 헌터들도 자신의 계획에 동참하는 것이 어떠냐는 제안을 하였다.

재식이 제작해 준 아티팩트로 무장한 헌터 협회 직할팀 중 두 개 팀이 자신들과 함께한다면, 생각해 둔 계획은 보다 성공 확률이 높아질 것이었다.

"협회 직할팀의 지원이라… 그건 나도 긍정적으로 생각해 보지."

"네. 직할팀은 그렇다고 해도 무기 구입 만큼은 꼭 필요한 일입니다. 협회장님께서 잘 설명해 주시고 꼭 이루어질 수 있게 도와주십시오."

"으흠, 알겠네."

헌터 협회 직할팀이 자신의 계획에 합류를 하면 좋겠지만, 그렇지 않다고 해도 실망할 것은 없었다.

다만, 진지방어를 위한 무기는 꼭 필요했기에 김중배 협회장이 긍정적인 반응을 보일 때 밀어붙인 것이다.

4. 백강현의 계획

헌터 협회장인 김중배와 면담을 마치고 재식은 헌터 협회를 나왔다.

하지만 재식은 협회를 나온 지 얼마 되지 않아 다른 사람에게 붙들리고 말았다.

"어머, 재식 오빠."

재식을 부른 사람은 바로 정미나였다.

오늘은 제5전대가 비번이라 협회에서 대기 중이어서 오전 내내 시간을 보내다가 잠시 점심을 먹고 들어오는 길이었다.

"어, 미나구나."

재식과 미나가 알고 지낸 지도 벌써 1년 반이 지났으니, 두 사람은 어느새 친남매마냥 친해져 서로를 부르는데 스스럼이 없었다.

"어디 다녀오는 길이야?"

"오전 내내 대기만 하다가 방금 점심 먹고 오늘 길이었어. 그런데 오빠는 협회에 웬일이야?"

"난 협회장님과 할 얘기가 있어서 잠시 들렀어."

재식은 정확한 내용까지는 군이 알릴 필요가 없다고 생각해 그녀에게 두루뭉술하게 말했고, 대신 김중배 협회장과 할 이야기가 있어서 협회에 들른 것이라 답했다.

"그럼 볼일은 다 끝난 거야?"

"응, 맞아."

"어머, 그런데 우리도 보지 않고 그냥 가려고 한 거야? 그것 참 서운한데. 우리는 아니더라도 여기까지 왔으면서 수연 언니 얼굴은 봐야지. 감당할 수 있겠어? 나중에 수연 언니가 알면 서운해할 건데."

미나는 엉뚱한 이유를 들어 재식의 걸음을 멈추더니, 기어코 자신들이 대기하는 곳으로 끌고 가려 했다.

재식은 그러한 미나의 말에 문득 수연의 얼굴이 떠올랐다.

자신이 협회에 들러 얼굴도 보지 않고 그냥 가 버렸다면, 슬퍼할 것이 분명했다.

하는 수 없이 재식은 미나와 함께 그녀들이 대기하고 있는 곳으로 향했다.

어차피 제5전대 내에서는 수연과 자신이 사귀고 있는 것을 모두 알고 있었다. 그러니 잠시 들러도 뭐라 할 사람은 아무도 없었다.

＊　　　＊　　　＊

"들어갑니다!"

미나는 제5전대가 있는 대기실에 노크하고서, 장난스런 말투로 소리쳤다.

덜컹!

"짜잔!"

마치 초등학생이 장난을 치는 듯한 모습으로 미나가 문을 열고 들어갔다. 그녀는 살짝 점프를 하고는 뭔가 대단한 마술이라도 부린 듯 요란을 떨었다.

"뭐야?"

"너 뭐 하니?"

대기실 안에서 혹시나 있을지 모르는 출동에 대기하던 제5전대 대원들은 정미나의 엉뚱한 행동에 한마디씩 하였다.

"짜잔, 내가 누굴 모셔 왔는지 맞춰 봐!"

아직 대기실 복도에 서서 들어오지 않은 재식을 두고서 정미나는 언니들에게 퀴즈를 냈다.

멀뚱하니 대기실에서 호출이 오기만을 기다리는 것은 무척이나 지루한 일이었다.

물론 아무런 호출이 없다는 말은 비상사태가 벌어지지 않았다는 말이기 때문에 좋은 일이겠지만, 아무런 기별도 없이 하염없이 기다리기만 하는 것은 여간 곤욕이 아닐 수 없었다.

그렇기에 지금 정미나는 그런 동료들에게 작은 장난으로 지루함을 날려 보려는 것이었다.

"누가 왔다는 건데?"

"뭐, 네 애인이 위문이라도 온 거냐?"

"휘이휘이. 자랑하고 싶으면 우리 애인도 데려와서 해라."

미나가 평소에도 이런 장난을 잘 치는 걸 알기에 동료들은 그런 유치한 장난을 받아 주었다.

"히히, 내 애인 아닌데. 내 애인은 이미 만나고 왔지~"

자신의 애인은 진즉에 만나고 왔다는 미나의 말에 복도에서 이를 가만히 듣고 있던 재식도 헛웃음이 절로 났다.

미나의 애인인 정태도 아마 다녀간 듯했다. 아마도 정태와 점심을 함께했으리라.

"아, 저기 연인을 그리워하는 여인이 보이네."

정미나는 대기실 한쪽에 앉아 창밖을 보고 있는 최수연을 가리키며 말했다.

"뭐? 무슨 소릴 하는 거야?"

최수연은 느닷없이 대원들의 시선이 몰리자 인상을 찌푸렸다.

"언니, 밖으로 나가 봐. 누가 불러."

미나는 짓궂은 미소를 지으며, 최수연에게 한 손을 들어 까딱까딱 손짓했다.

마치 귀여운 강아지를 부르는 것 같은 모습처럼 느껴져, 최수연은 살짝 미간을 찌푸리며 그녀를 혼냈다.

"너 자꾸 언니 놀리면 가만 안 둔다."

"뭐야, 내가 힘들게 불렀는데 그냥 가라고 할까? 오빠, 언니가 오빠 얼굴 보기 싫다네!"

정미나는 최수연의 호통에 장난스럽게, 복도를 보며 크게 소리쳤다.

그런 정미나의 장난에 이를 듣고 있던 재식도 장단을 맞춰 주기로 하였다.

"그래? 그럼 할 수 없지. 난 그럼 간다."

"어?"

"아!"

갑자기 복도에서 들린 남자의 목소리에 안에 있던 사람들은 깜짝 놀랐다.

그리고 그중에서 가장 놀란 사람은 역시나 최수연이었다.

"재식 씨가 어쩐 일이야?"

수연은 재식의 목소리를 듣자마자 자리에서 일어나 복도로 뛰어나갔다.

"어머, 우리 수연 언니가 언제 저렇게 민첩했지?"

자신의 곁을 스치고 지나가는 수연의 뒤로 정미나의 놀리는 목소리가 들렸다.

"너, 갔다 와서 보자!"

최수연은 끝까지 자신을 놀리는 정미나의 뒤에다 두고 보자는 말을 남기고는 대기실을 빠져나갔다.

"자기야, 여긴 어쩐 일이야?"

복도로 나온 수연은 정말로 대기실 밖 복도에 재식이 서 있는 것을 보며 물었다.

"협회에 볼일이 있어 들렀다가 미나에게 잡혔어."

재식은 굳이 말을 하지 않아도 될 이야기였지만, 그냥 진솔하게 이야기를 하였다.

그런 재식의 대답에 수연은 살짝 실망했지만, 재식의 성격이 원래 이렇다는 것을 잘 알기에 그냥 넘어가기로 했다.

"그래? 무슨 볼일이 있는데? 설마 정부에서 발표한 국토 수복 계획에 대한 문제 때문이야?"

혹시나 하는 생각에 물어보았다.

"응. 나와 우리 길드는 다른 계획이 있어서 다른 길드와는 조금 다르게 움직이려고."

"그래? 하지만 동원령이 떨어지면 개별 활동이 인정되지 않을 텐데."

헌터 동원령이 떨어지게 되면, 헌터는 그 소식을 인지하는 즉시 헌터 협회나 지정된 장소로 가야만 했다.

만약 그렇지 않으면 국가 반역 행위로 취급하여 무거운 형벌을 받을 수도 있었고, 경우에 따라서는 재판 없이 즉결 심판을 받을 수도 있었다.

그 때문에 따로 계획이 있다는 재식의 말에 수연은 걱정이 들었다.

그런 수연의 모습에 재식은 미소를 보이며, 안심하라는 듯 이야기를 들려주었다.

"걱정하지 마. 자기가 걱정하는 그런 거 아니니까."

"아니야?"

"응."

"그럼 뭐길래 그래. 다른 계획이 궁금한데 말해 주면 안 돼?"

수연은 걱정하지 말라는 재식의 말을 듣고도 안심이 되지 않아 다시금 물었다.

그런 수연의 걱정을 덜어 주기 위해서라도 재식은 자신의 계획을 하나하나 모두 알려 줘야 할 것 같았다.

"그게……."

자신을 걱정하는 수연 때문에 재식은 자신과 언체인 길드가 어떻게 정부의 국토 수복 계획에 참여할 것인지 들려주었다.

그렇게 한참을 재식에게서 계획을 들은 수연이 두 눈을 반짝였다.

이야기를 들으면 들을수록 괜찮은 계획 같았기 때문이다.

헌터들이 대규모로 토벌 작전을 벌이게 되면 토벌 초기에는 몬스터들이 헌터들의 규모를 보고 놀라 뒤로 물러나겠지만, 어느 정도 숫자가 쌓이고 나면 그때부터는 몬스터들도 뒤로 물러서기보다는 헌터들과 싸우려 들 것이 분명했다.

그도 그럴 것이, 현재 북한 땅에 있는 몬스터들은 이미 하나의 생태계를 이루며 살아가고 있었다.

그렇기 때문에 각 몬스터마다 일정 영역을 가지고 생활을 하는데, 헌터들이 이러한 몬스터 생태계에 침입하게 되면 몬스터들은 이에 반응하게 될 것이었다.

보통 소수의 헌터가 침입하는 경우에는, 자신의 영역에 침범하지 않는 이상 다른 몬스터들은 이를 신경 쓰지 않았다.

하지만 헌터들의 숫자가 많고 생존에 위기를 느끼게 되면, 몬스터들은 이때 다른 판단을 하기 시작할 것이다.

헌터들과 싸울 것인지, 아니면 영역을 버리고 도망칠 것인지 말이다.

지능이 떨어지는 몬스터들은 영역을 침범한 헌터들과 맞서 싸울 것이고, 지능이 높은 몬스터는 일단 생존을 위해 뒤로 물러날 것이다.

그런데 몬스터 중 이렇게 지능이 높은 몬스터들도 집단의 힘을 잘 알기에 어느 정도 숫자가 모이면 더 이상 물러나지 않고 자신보다 약한 몬스터들을 몰아 헌터들을 공격하게 할 것이었다.

그리고 그 과정에서 기회가 된다면 직접 헌터들을 습격하기도 했다.

다만, 이러한 과정 속에서 헌터가 일반인에 비해 초인적인 능력을 발휘하더라도 기본적인 체력이나 민첩성과 순발력이 떨어져 심각한 피해를 입을 수 있었다.

또 인간이 하늘을 날지 못하는 이상, 지형지물의 영향을 아주 극심하게 받았다.

하지만 몬스터는 인간에 비해 지형지물에 대한 영향을 덜 받는 쪽에 속하기에 장기간 전투가 계속된다면 불리한 것은 역시나 헌터 쪽이었다.

그런데 만약 일부 강력한 전투력을 가진 헌터들이 몬스터의 뒤를 친다면 어떻게 될까.

인간만큼은 아니더라도 몬스터 또한 지능이 있기에 불시에 뒤를 공격당한다면, 몬스터들도 우왕좌왕하며 공황에 빠질 것이 분명했다.

이른바 성동격서의 전법.

이를 사용한다면 국토 수복 계획이 좀 더 쉽게 이루어질 확률이 높았다.

더욱이 언체인 길드의 전력은 정확히 알지 못했지만, 재식의 능력은 그녀가 아는 한도에서 가장 강력한 헌터 중 한 명이었다.

그런 재식이 직접 교두보를 확보하고, 북한 땅 깊은 곳에 전초기지를 건설한다면 충분히 기지를 만들고도 남을 것이었다.

만약 이러한 것을 잘만 활용하면, • 헌터 협회 입장에서도 많은 이득을 가져갈 수 있었다.

그렇지 않아도 협회에 소속된 헌터들은 정부에서 국토 수복 계획을 발표한 뒤로, 그것에 관한 문제로 말들이 많았다.

일부 헌터들 중에는 정부의 입장에선 당연한 일이라 떠드는 이도 있었다.

그러나 또 한편에서는 야당에서 하는 말처럼 자신들의 치부를 덮기 위해 쇼를 하는 것이다 말하며, 보여 주기 식의 옛 북한 수복에 헌터들의 목숨은 생각하지 않고 위험한 계획을 밀어붙인다며 떠들어 댔다.

그리고 최수연도 전자보다는 후자에 가까운 생각을 가지고 있었다.

아무리 준비를 잘하고 또 강력한 헌터나 길드라도 대규모 몬스터 레이드를 하다 보면 희생자가 나오기 마련이었다.

그것이 자신의 동료이고 또 자신의 지인이 아니란 보장이 없었다.

그런데 재식의 이야기를 들어 본 수연은 지금 헌터 협회 내부에서 세워지고 있는 국토 수복 계획보다 훨씬 안정적이고, 또 그럴 듯하다고 생각했다.

몬스터가 적은 지역에 교두보를 확보하고, 일정 지역을 전초기지로 만든다. 그러고 나서 몬스터들이 본대와 전투를 벌이고 있는 뒤로 돌아가 본대와 함께 협공을 한다는 그 계획이 참으로 마음에 들었다.

더욱이 북한 땅 깊은 곳에 어떤 몬스터가 있을지 알 수는 없지만, 그래도 7등급 보스 몬스터를 잡을 수 있는 실력자가 함께하는데 두려울 것이 있겠는가.

수연은 조금 전 재식의 계획 중 헌터 협회의 헌터 일부가 언체인 길드와 함께했으면 한다는 이야기에 자신의 전대가 지원하는 것이 어떨까라는 생각을 떨칠 수가 없었다.

전원이 각성 헌터이고 또 그중 세 명이 신성 계열, 또는 회복 계열인 일명 힐러였다.

그 말은 전투에서 부상을 당하더라도 보다 빠르게 치료를 받을 수 있다는 소리였다.

물론 국토 수복 작전에 들어가게 되면 헌터들에게 일정 수량의 포션이 지급할 계획이었다.

다만, 전투 중 편안하게 포션을 먹을 수 있는 시간이 주어질지는 아무도 모르는 일이었지만 말이다.

급박한 상황에서는 부상을 입고도 그냥 전투를 계속해야 할 수도 있었다.

이때 회복 계열 헌터가 있는 것과 없는 것은, 전투를 하는 헌터의 입장에선 하늘과 땅만큼이나 엄청난 차이로 느껴질 일이었다.

그러니 자신의 전대만이라도 재식과 함께한다면, 충분히 도움이 될 것이란 판단이 섰다.

"그럼 우리 전대가 언체인 길드와 함께하는 것은 어떻게 생각해?"

수연은 자신의 생각을 바로 재식에게 물어보았다.

"나야 자기랑 제5전대가 함께한다면, 천군만마를 얻은 것만큼이나 힘이 나지."

재식은 두말할 것도 없다는 듯 수연의 말에 맞장구를 쳤다.

헌터 협회 직할팀 유니콘의 전대 중 한 곳과 함께하는 것이라면, 다른 소규모 헌터 길드가 붙어 있는 것보다 훨씬 효율이 좋을 것이었다.

길드원들의 부상 방지를 위해 자신도 신경을 쓸 것이지만, 혼자서 준비하는 것에는 한계가 뚜렷했다.

그에 반해 팀 유니콘은 전원이 각성 헌터로 구성되어 있고, 또 한 명, 한 명이 고레벨 헌터들이었다.

즉, 한마디로 이들은 걸어 다니는 포대나 마찬가지였다.

물론 팀 유니콘이라고 근접 전투에 특화된 헌터가 없는 것은 아니었지만, 대부분은 원거리 공격이 가능한 각성 헌터였다.

그러다 보니 전투의 피로도를 생각해서라도 근접 전투를 하는 헌터와 원거리 전투를 하는 헌터가 적절히 섞여 있는 편이 훨씬 효율적인 운영을 할 수 있었다.

더욱이 그런 팀 유니콘 전대들 중에서도 수연의 팀은 더욱 시너지 효과가 좋았는데, 그것은 제5전대의 구성원들의 특성 비율이 특별하기 때문이었다.

다른 유니콘 전대에는 한두 명이 있는 회복 계열 헌터가 제5전대에는 무려 세 명이나 있었다.

그리고 그중 한 명인 신초롱은 일반적인 회복 계열 각성자가 아닌 무려 신성 계열 각성자였다.

즉, 단순히 부상자를 회복해 주는 능력만 가진 것이 아니라, 헌터들의 특성을 강화시켜 주는 능력도 가지고 있다는 말이었다.

그러니 전투를 하는 헌터들의 입장에선 누구보다 환영하는 헌터가 신성 계열의 각성자였다.

재식 또한 최수연이 생각한 것을 곱씹으며, 자신이 수립한 계획에 제5전대가 합류할 경우의 상황을 머릿속에 그려 봤다.

'가능만 하면 정말 좋겠는데.'

재식은 만약을 위해 자신이 세울 전초기지에 급속 회복 장치를 가져갈 생각을 하였다.

어차피 현재 재식에게는 회복 장치 몇 대 사는 것은 일도 아니었다.

급속 회복 장치 다섯 대 정도를 전초기지에 설치하고, 포션으로 고치기 힘든 부상을 입은 헌터들은 급속 회복 장치에 넣어 회복을 시킨다면, 전투로 인한 전력 누수를 최대한 줄일 수 있을 것이기 때문이었다.

그런데 거기에 회복 계열 헌터 세 명이 추가가 되면, 그 시너지 효과는 더욱 커질 것이 분명했다.

*　　　*　　　*

"오른쪽 버텨!"

검정색 털을 가진 늑대 인간이 자신의 향해 달려드는 리자드맨을 상대하며 큰 소리로 외쳤다.

크앙!

쉬익!

리자드맨과 헌터들은 누가 헌터이고 누가 몬스터인지 알 수 없을 정도로 뒤엉켜 전투를 벌이고 있었다.

외형만 본다면 3m에 이르는 리자드맨이 더욱 유리해 보였지만, 정작 전투가 길어질수록 점점 유리한 모습을 보이고 있는 것은 각종 맹수와 인간을 합쳐 놓은 듯한 성신 길드의 길드원들이었다.

한편, 길드원들이 대규모 리자드맨 무리를 상대하는 걸 지켜보던 백강현은, 전투의 승기가 자신의 쪽으로 기우는 것을 보며 입가에 만족스러운 미소를 띠었다.

지금 벌이고 있는 전투는 단순한 몬스터 레이드가 아니라, 무려 3천 마리나 되는 블루 리자드 헌터 무리와의 사활을 건 전투였다.

만약 블루 리자드 헌터 무리에게 길드원들이 밀리게 된다면 자신도 전장에 뛰어들 준비를 하고 있었는데, 돌아가는 상황을 보아하니 그럴 필요까지는 없을 듯했다.

사실 전투가 헌터들에게 유리하게 돌아갈 수 있는 이유는, 어제 전투에서 백강현이 우두머리인 블루 리자드 치프를 처리하였기 때문이었다. 만약 오늘 전투에 우두머리가 있었더라면, 전투의 양상은 반대로 적들에게 기울어져 있을지도 몰랐다.

블루 리자드 치프는 비록 7등급 보스까지는 아니지만, 6등급 중에서는 보스 급에 속하는 몬스터였다.

거기에 크기도 4m에 이르고, 또 도마뱀 특유의 민첩함과 갑옷을 연상시키는 비늘 때문에 6등급 미만의 헌터의 공격은 제대로 통하지 않았다.

뿐만 아니라 블루 리자드 치프는 신경계 독을 가지고 있었다.

블루 리자드 치프가 내뿜는 독가스를 대량 흡입하게 되면 온몸이 검게 변하며 죽어 가고, 빨리 해독을 하지 않을 때에는 목숨을 잃을 수도 있는 상당히 강력한 맹독이었다.

그렇기 때문에 백강현은 블루 리자드 헌터 무리와 첫 조우를 했을 때, 가장 먼저 이들의 우두머리인 블루 리자드 치프를 먼저 처치한 것이었다.

그뿐만 아니라 그 뒤로 한 차례 격돌이 더 있었을 때, 백강현의 활약으로 블루 리자드 헌터의 숫자를 2천 마리나 줄여 놨었다.

그로 인해 블루 리자드 헌터는 우두머리인 치프와 2천 마리의 동족을 잃고서, 현재 겨우 3천 마리만 남게 된 상태였다.

우두머리를 잃고 숫자도 처음의 6할로 줄었지만, 블루 리자드 헌터들은 물러서지 않고 전열을 다듬어 오늘 다시 백강현이 이끄는 성신 길드와 격돌했다.

이때 백강현은 굳이 자신이 나서지 않아도 될 것이란 생각에 전투에 뛰어들지 않았다. 대신 뒤에서 성신 길드의 헌터들이 블루 리자드 헌터들을 상대로 어떻게 싸우는지 지켜보는 중이었다.

그렇게 나온 결과는, 앞에 보이는 대로 6등급 몬스터인 블루 리자드 헌터 3천 마리를 상대로 확실한 우위를 보였다.

물론 블루 리자드 헌터 3천 마리를 상대하는 성신 길드의 헌터들의 숫자가 그보다 많은 4천여 명에 이르기는 했다.

하지만 전체적인 전투력에서만큼은 6등급 몬스터인 블루 리자드 헌터들에 비해 손색이 있다고 생각했는데, 길드원들이 오히려 블루 리자드 헌터들을 밀어내고 있기에 백강현의 입가엔 절로 미소가 걸렸다.

"아주 좋군."

전장을 살피던 백강현이 작게 평을 하였다.

"길드장님."

막 전장에서 전투를 벌이고 있는 길드원을 평하고 있을

때, 누군가 다가와 그를 불렀다.

그 부름에 백강현은 고개를 돌려 자신을 부르는 부하를 쳐다보았다.

"뭐지?"

"한국에서 긴급 연락이 왔습니다."

백강현에게 보고하러 온 헌터는 한국인이 아닌 일본인으로, 성신 길드 일본 지부에 소속된 헌터였다.

일본의 재앙인 7등급 보스 몬스터를 퇴치한 이후, 일본 정부는 많은 혜택을 주며 백강현과 성신 길드를 붙잡았다.

이미 일본의 헌터계는 야마타노 오로치로 인해 무너진 상태였다.

그 때문에 일본 정부는 세계 헌터 연맹에 현 사정을 설명하며 외부 지원을 끊임없이 요청해 왔지만, 그들의 요청을 각국의 헌터 협회에서는 들어줄 수가 없었다.

예전에야 군대와 경제력을 그 나라의 국력으로 인식해 왔지만, 대격변 이후부터는 그 나라의 헌터 수준이 곧 국력이나 다름없게 되었다.

인류를 위협하는 몬스터란 새로운 적을 맞아, 초인과도 같은 능력을 발휘하는 헌터야 말로 그 나라의 국력이 된 것이었다.

예전 세계 최강이라 불리던 미군도 쏟아지는 몬스터를 막지 못했고, 결국 수많은 땅이 몬스터의 터전으로 변해 버렸다.

뿐만 아니라 광활한 영토를 가진 러시아도 계속해서 늘어나는 차원 게이트와 게이트 브레이크로 인해 상당한 국토를 몬스터에게 빼앗긴 상태였다.

이렇게 세계 강대국이라 불리던 나라들도 몬스터에게 땅을 빼앗기며, 전 세계는 새로운 국면을 맞았다.

몬스터를 사냥하는 헌터의 출현과 이들을 얼마나 보유했느냐에 따라, 그 나라의 국력을 판가름했다.

그러다 보니 대격변 이후 새롭게 떠오르는 강국들이 있었다.

중남미에 위치한 국가들이 그곳이었다.

대격변 이전에는 정부군과 반군의 격전과 마약을 유통하는 마약 카르텔로 인해 후진국을 벗어나지 못했던 중남미 국가들이었다.

그런데 대격변으로 사회가 혼란스러운 와중에 게이트 브레이크로 쏟아지는 몬스터를 생각보다 잘 막아 내면서 사람들을 깜짝 놀라게 만들었다.

얼마 지나지 않아 사람들은 그 놀라운 결과의 이면에 범죄를 저지르던 마약 카르텔이 있음을 알게 되었다.

이들 마약 카르텔은 몬스터 때문에 자신들의 사업이 힘들어지자, 아이러니하게도 자신들의 사업을 지키기 위해 몬스터에 대응해 싸움을 벌인 것이었다.

그러다가 그렇게 잡은 몬스터가 큰돈이 된다는 것을 알게 되면서 마약에 완전히 손을 떼고 몬스터 산업에 본격적으로 뛰어들었다.

그렇게 마약 카르텔들이 몬스터 사업에 뛰어들면서 기존에 마약으로 벌어들인 돈을 풀자, 중남미 국가들의 경제 또한 빠르게 발전하였다.

그런 중남미 국가 못지않게 강국으로 떠오른 국가 중 하나가 바로, 아시아의 용이라 불리던 대한민국이었다.

대한민국은 사실 대격변 이전에도 결코 약한 국가는 아니었다.

다만, 주변을 둘러싼 국가들이 대한민국보다 더 강력하기에 상대적으로 약한 국가라 인식이 되었을 뿐이지, 경제력이나 군사력은 전 세계 200여 국가 중 10위권 안에 들어가는 나라였다.

그런데 대한민국이 이렇듯 헌터 강국으로 발돋움한 데에는 특이한 점이 있었다.

그것은 바로 한국의 집단 문화.

한국인들은 모든 곳에서 집단을 이루기 좋아하고, 그 속에서 서열을 매겼다.

그것이 마냥 좋은 일일 수만은 없었지만, 대격변으로 혼란스러운 사회에서 만큼은 그것이 아주 긍정적으로 작용했다.

좁은 국토에 몬스터가 나타나자 한국인들은 빠르게 이에 대처하였다.

군대가 나서고 헌터로서 각성을 한 사람들이 나와 몬스터를 사냥하며, 자신의 주변에 있는 친지들과 이웃들을 지켰다.

대한민국은 국토에 비해 인구밀도가 아주 높은 국가 중 하나다.

그러다 보니 헌터의 비율도 높을 수밖에 없었고, 좁은 땅에 비해 헌터의 수가 많다 보니 몬스터를 상대하기도 편했다.

그렇게 한국이 헌터 강국이 되자, 이웃 국가인 일본도 헌터 양성에 심혈을 기울였다.

한국에게 각별한 경쟁의식을 가지고 있는 일본이다 보니, 그들의 헌터 양성 정책은 집중투자를 통해 많은 숫자의 헌터가 양성되었다.

그러한 헌터의 양적인 팽창에 고무된 일본 정부는 크나큰 실책을 벌였다.

한국에서 재앙급 몬스터인 7등급 보스를 처치한 것을 보고, 자신들도 7등급 보스 몬스터, 야마타노 오로치를 퇴치할 수 있다는 것을 보여 주기 위해 무리한 레이드에 들어간 것이었다.

하지만 2차에 이르는 레이드에도 일본은 야마타노 오로
치를 퇴치하지 못했다.

아니, 희생된 헌터들로 인해 야마타노 오로치의 힘만 더
키워주었다.

여러 차례 자체적인 힘으로 해결해 보려고 했지만, 실패
를 거듭하고 급기야 일본에는 6등급 이상의 헌터가 하나도
없게 되는 상황까지 이르렀다.

무려 4차례나 되는 무리한 레이드가 가져온 참상이라 할
수 있었다.

그런 상황이 지속되다 보니 일본은 세계 각국에 구원 요
청을 하였다.

하나 여러 번의 요청에도 타국은 자국 국민의 안전을 우
선시했다.

그렇게 일본의 야마타노 오로치 퇴치에 고위 헌터들을 파
견한 나라는 아무 곳도 없던 차, 한국만이 유일하게 헌터를
파견해 주었다.

이는 한국이 가진 특수함 때문에 이루어진 일이었다.

사실 한국의 입장에서도 백강현과 성신 길드를 야마타노
오로치 퇴치에 보내고 싶은 생각이 없었다.

하지만 백강현과 성신 길드에서 일본의 의뢰를 수락해 버
리는 바람에 정부로서도 어쩔 도리가 없었다.

헌터의 몬스터 퇴치는 국가의 위기 상황이 아닐 경우, 어

떠한 강제도 행할 수 없다는 세계 헌터 연맹의 문구를 해석 그대로 적용하기 때문이었다.

대격변 이후 상황이 변하였지만, 한국의 정치인들은 자국의 국력이 세계에 견주지 못한다고 판단했다.

그리하여 일본 정부는 한국의 고위 헌터, 그것도 7등급 보스 몬스터를 사냥한 경험이 있는 백강현과 성신 길드가 자국으로 와 준다는 것에 환호하였다.

물론 그렇다고 일본에게 좋은 일만 있는 것은 아니었다.

성신 길드가 야마타노 오로치 레이드가 성공하면서 7등급 보스 몬스터에게서 나올 엄청난 수익을 포기해야만 했기 때문이다.

하지만 일본은 7등급 보스 몬스터에게서 얻을 수익을 포기하고 그것을 사냥할 수 있는 헌터 길드를 갖기를 원했다.

그러면서 일본은 성신 길드와 백강현을 영웅화시키는 작업에 들어갔다.

이미 무너진 일본의 헌터계를 살리기 위해, 그리고 국토 전역에 널린 던전과 차원 게이트로부터 자국민을 보호하기 위해 헌터가 필요했다.

이를 만족시킬 수 있는 곳은 성신 길드와 백강현밖에 없다는 판단이었다.

그래서 성신 길드가 원수보다 못한 한국의 헌터 길드임을 알면서도 각종 혜택을 쥐어 가며 그들을 일본에 머물도록 만들었다.

　당시 성신 길드도 한국 내에서 여타 대형 길드들에게 치이던 상태였고, 일본이 한국보다 많은 혜택을 주며 자신들을 반기자 활동 무대를 일본으로 옮긴 것이었다.

　그로 인해 일본은 무너진 헌터계가 살아나기 시작했고, 성신 길드도 부족한 사냥터를 확보하면서 소속 헌터들의 레벨이 급격히 올라갔다.

　그러한 상황이다 보니 백강현도 한국에는 일부 직원과 헌터만을 남기고, 본거지를 이곳 일본으로 아예 옮겼다.

　그런데 갑자기 한국에서 급한 보고가 올라왔다.

　한국에서 몬스터 왕국이 되어버린 옛 북한 지역에 대한 수복을 발표한 것이었다.

　백강현은 부하의 보고를 전해 듣고는 눈을 크게 뜨며 반문했다.

　"그게 정말이냐?"

　"하이! 그렇게 들었습니다."

　"무엇 때문에 그런 엄청난 이득을 넘기면서까지 무리하게 국토 수복을 하려는 것인지는 알아냈느냐?"

　"자세한 것은 알 수 없지만, 길드 본부에서 전해온 전문을 보면 아마도 한국 대통령과 관련된 사고를 덮기 위한 일이라는 이야기가 있습니다."

보고를 하는 헌터는 일본 정부에서 알려 준 내용을 조금 각색해 백강현에게 들려주었다.

"그렇단 말이지."

백강현은 지금 자신의 앞에서 보고하고 있는 헌터가 일본 정부와 선이 연결되어 있다는 것을 잘 알고 있었다.

그리고 자신이나 길드의 내용이 수시로 일본 정부에 보고가 된다는 것도 말이다.

그는 모두 알고 있었지만, 굳이 이것을 겉으로 드러내지 않았다.

보고를 해 봐야 자신이나 길드에 해가 되는 내용도 없었고, 만약 알려진다고 해도 상관이 없었다.

어차피 성신 길드나 자신은 이미 계획한 이상으로 일본에서 이득을 보았기 때문이었다.

막말로 지금 당장 일본에서 길드를 철수해도 손해 볼 것이 하나 없는 상태였다.

다만, 철수한다면 먹음직한 던전을 모두 일본의 다른 길드에게 넘겨줘야 한다는 게 조금 배가 아플 뿐이었다.

그런데 타국이 아닌 모국에서 또 다른 영양 만점의 먹잇감이 나왔다는 보고에 백강현의 눈이 반짝였다.

한국 정부가 자신들의 비리를 덮기 위해 무리하게 옛 북한 지역을 수복한다고 발표했다.

그것도 땅을 수복하는 차원이 아닌, 그곳에 대격변 이전처럼 인간이 살 수 있는 땅으로 만들겠다는 포부까지 내세우며.

사실 백강현도 예전에 그런 생각을 해 보지 않은 것은 아니었다.

이미 몬스터에게 점령되어 사실상 버려진 곳. 그렇다면 그곳은 먼저 먹는 사람이 임자라 생각했다.

하지만 그것은 일개 헌터 길드가 할 수 있는 일이 아니었다.

그런 일을 하려면 아무리 적게 잡아도 천오백 명 이상의 고위 헌터가 있어야 했다.

백강현이 계산을 해 봐도 자신 정도의 헌터가 한두 명은 더 있어야 하고, 그 뒤를 받쳐 줄 헌터로 최소 6등급 헌터 오백 명과 5등급 헌터로 이루어진 천 명의 고위 헌터가 필요했다.

게다가 헌터뿐만 아니라 그들을 운용할 자금이 있어야 했는데, 최소 1조 원 정도의 자금이 있어야 어느 정도 실현이 가능했다.

물론 이것도 최소로 잡은 것이었다.

북한 지역 전역을 수복하기 위해선 얼마나 많은 예산과 헌터들이 있어야 할지 가늠이 되지 않을 정도로 막대한 규모였다.

그 때문에 백강현은 중도에 그 계획을 포기할 수밖에 없었다.

그런데 정부에서 그런 일을 하겠다고 나섰다.

더욱이 한국 정부에서 공헌을 한 헌터 길드에게 일정 영역을 개발할 권한을 준다고 하니, 성신 길드로서도 나쁠 것이 없었다.

만약 성신 길드가 무주공산인 옛 북한 지역 중 일부를 차지할 수만 있다면, 굳이 일본에서 활동할 필요가 없었다.

물론 각종 혜택을 받아 가며 일본에서 활동을 하는 것도 좋지만, 하나의 자치령이 될 수 있는 특권을 버릴 만큼은 아니기 때문이었다.

한참을 생각하던 백강현은 이내 결정을 하였다.

"우리도 한국 정부의 계획에 참여한다."

"하이!"

수장인 백강현이 결정하자 보고를 하던 헌터는 바로 대답했다.

하지만 대답한 헌터의 표정은 그리 밝지 못했다.

그도 그럴 것이, 그는 일본 정부에서 파견한 사람으로서 백강현과 성신 길드가 계속해서 일본에 남아, 몬스터와 던전을 처리해 주었으면 하는 바람이 있기 때문이다.

그런 헌터의 표정을 읽은 것인지 백강현은 지나가듯 말을 하였다.

"너무 걱정하지 마라. 난 일본 정부가 우리에게 보여 준 선의를 잊지 않고 있다."

"하이! 감사합니다."

백강현의 말에 헌터는 고개를 숙이며 감사의 인사를 하였다.

그도 처음부터 무리하게 길드의 헌터들을 북한 지역으로 밀어 넣을 생각은 없었다.

우선 팀 비스트와 지원 공대 두 개만 파견해도 백 명 가까이 되는 인원이었다.

더욱이 팀 비스트는 그동안 길드의 각종 지원을 받아, 열두 명 전원이 헌터 레벨이 60을 넘은 상태였다.

이제는 선배인 와일드 울프에 버금가는 실력들을 갖췄다.

조금만 더 시간이 주어진다면, 그들을 능가하는 전투력을 보여 줄 것이라 판단될 정도였다.

그만큼 팀 비스트에 속한 헌터들은 자질이 우수하고, 유전자 시술에 쓰인 앰플의 순도 또한 더 높았다. 그렇기에 팀 비스트의 잠재력은 매우 높은 편이라, 그들의 한계가 최소 70레벨 정도라고 길드 내부적으로 판단하고 있는 상태였다.

그러니 한국에서 국토 수복 계획이 진행된다면, 우선적으로 팀 비스트를 파견할 생각이었다.

이미 한계를 드러낸 와일드 울프는 지금처럼 일본에서 던전과 몬스터 필드에 돌아다니는 몬스터를 처리하며 일본과의 관계를 계속 유지하고, 발전 가능성이 높은 팀 비스트는 성장을 위해 강력한 몬스터가 많은 북한 지역으로 보내 키우려는 것이었다.

5. 사전 준비

재식은 인천 여객 터미널에서 세 시간 정도 배를 타고 연평도에서 가장 가까운 옛 북한의 황해남도의 강령군에 발을 디뎠다.

"흠, 생각보다 황량하군."

재식은 해안가에 서서 가만히 주변을 살펴보았다.

북한이 몬스터에 의해 무너지고 30여 년이 지났다. 그러나 예전 북한이 존재할 때 황량하던 모습에서 크게 달라진 것은 없어 보였다.

인간의 손을 타지 않은지 무려 30년이란 세월이 지났음에도 원래 아무것도 없던 지역인 것처럼 풀만 무성하고 관목도 별로 보이지 않았다.

만약 이곳에 상륙한다고 하면 몬스터의 습격은 그리 걱정하지 않아도 될 듯 보였다.

'상륙 지점으로 괜찮은 듯 보이긴 한데, 그래도 조금 더 살펴보자.'

정부는 몬스터로부터 잃어버린 국토를 수복한다는 계획을 발표했고, 그 시작은 앞으로 3개월 뒤 준비가 완료되는 대로 바로 진행하기로 했다.

경기도 문산읍과 연천군, 그리고 강원도 고성군.

이렇게 세 곳에 헌터와 군대를 집결한 뒤 북진하며, 그곳에 자리 잡고 있는 몬스터들을 몰아내기로 얘기가 끝난 상태였다.

다만, 그러기 위해선 많은 물자가 필요하기에 임시적으로 정부 주도하에 긴급 체재를 실시한다는 발표를 했다.

이 때문에 일부 지역에서는 식품과 소비재 위주로 사재기가 일기는 했지만, 그러한 혼란은 생각보다 금방 해결되었다.

그도 그럴 것이, 국내 10대 대형 헌터 길드들은 물론이고, 30위권 안에 있는 헌터 길드들도 이번 국토 수복 계획에 적극 참여하고 있었다.

또한 그동안 국내보다는 일본에서 주로 활동하던 성신 길드에서 차세대 사냥 팀으로 밀고 있는 팀 비스트가 지원 공대 둘을 데리고 참여한다고 전했다.

국민들은 국토 수복 초반에 성신 길드의 수장이자, 7등급 보스 몬스터를 두 번이나 잡은 백강현이 함께하지 않는다는 것에 실망감을 감추지 못했다.

그러나 어쨌든 국내 길드 랭킹 30위까지 큼지막한 모든 길드들이 참여한다는 것을 전해들은 국민들은, 정부가 발표한 국토 수복 계획에 관심을 갖기 시작했다.

하지만 재식은 그렇거나 말거나, 자신이 세운 계획을 위해 열심히 노력하고 있었다.

그 일환으로 아직 기간이 남아 있음에도 먼저 사전 답사를 위해 이곳에 온 것이었다.

"길드장님, 그런데 굳이 직접 와서 살펴볼 필요가 있습니까?"

재식을 따라온 주성은 조금 가벼운 말투로 물었다.

예전이야 친하게 지낸 사이로 편하게 대했지만, 이제는 길드장과 길드 간부로 관계를 맺어 다른 길드원이 있을 때만큼은 존칭을 사용했다.

"굳이 직접 오지 않고도 드론만 날리면 충분할 텐데요."

주변을 둘러본 주성이 아무것도 없는 황량한 대지를 훑으며, 그렇게 중얼거렸다.

하지만 재식은 황량한 주변을 보다가 무언가를 느낀 것인지 갑자기 인상을 찌푸렸다.

겉으로 보기에는 그저 풀과 관목 몇 그루만이 듬성듬성 보였지만, 재식의 감각에는 무언가 다른 게 있는 것이 느껴졌다.

"모두 일단 배에 올라가!"

보이지는 않지만 느껴지는 감각으로 만만치 않은 게 다가온다는 것을 알아차린 재식이 큰 소리로 길드원에게 명령을 내렸다.

물론 재식에게까지 위험한 정도는 아니었다.

하지만 느껴지는 감각에 의하면 다른 헌터들에게는 위험할 수도 있다는 판단에 그런 것이었다.

이에 재식과 함께 온 언체인 길드원들은 신속히 조금 전 내렸던 배로 다시 올라탔다.

"길드장, 뭐 있어?"

배에 오른 주성이 급히 재식에게 물었다.

다급하다보니 재식의 말 대로 배에 오르기는 했지만, 재식이 급하게 말할 일이 뭔지 궁금한 주성이 질문을 해 왔다.

그런데 하도 급박한 마음에 주성의 말투가 다시 예전처럼 바뀌어 있었다.

"아무래도 이곳에 자리 잡은 몬스터는 샌드 웜인 것 같습니다."

"샌드 웜? 그 비싼 게 여기 있다고?"

주성은 재식이 샌드 웜이라고 하자 눈을 반짝이며 소리쳤다.

샌드 웜이 5등급 이상의 몬스터라는 것보다 무척이나 비싸게 팔리는 놈이라는 생각이 먼저 들었다.

"길드장님, 정말로 여기에 그놈이 있는 겁니까?"

또 다른 길드원도 주성에 이어 샌드 웜이 있는지 물었다.

"그래. 왜 지상에 몬스터의 흔적이 안 보였는지, 이제야 알겠네."

주성은 아직 해변에 서서 주변을 둘러보다가 몬스터 왕국이라고까지 불리는 북한 땅에 왜 이렇게 아무런 흔적이 없는지를 깨달았다.

땅 밑에 샌드 웜이 있으니 몬스터의 흔적이 보일 리가 없었고, 또 놈들이 땅속을 헤집고 다니다 보니 잡초만 무성할 뿐 관목이 자라날 수 없던 것이다.

'이거 잘만 이용하면, 꽤 쓸 만한 땅을 확보할 수 있을 것 같은데…….'

재식은 주변을 바라보며 유용한 땅을 거저 얻을 수 있을 방법을 생각해 냈다.

그리고 재식에게는 샌드 웜을 제대로 활용할 수 있는 방법이 있었다.

흑마법사인 챠콥에게서 물려받은 마법에 그 해답이 있었다.

바로 차밍 마법과 종속 마법.

사실 재식이 이러한 방법을 갑자기 생각한 것은 아니었다.

실제로 챠콥이 가지고 있던 기억 중에는, 흑마법사들이 그러한 마법 등을 사용해 몬스터를 이용한 사례가 참으로 많았기 때문이었다.

몬스터를 세뇌하여 적을 공격하기도 하고, 약탈과 전쟁을 하기도 했다.

비록 재식은 5클래스가 한계라 챠콥의 기억 속 수준까지는 힘들겠지만, 지능이 낮은 샌드 웜 정도는 세뇌하고 또 종속의 인을 새긴다면 충분히 조종하여 활용할 수 있을 것이었다.

"일단 제가 나오라고 할 때까지는 배에서 기다리세요."

배에 있는 주성과 길드원들에게는 그렇게 지시를 내리고, 재식은 자신을 향해 다가오고 있는 샌드 웜에게로 걸어갔다.

그워어어!

재식이 정면으로 걸어가다가 슬쩍 옆으로 피하자, 방금까지 서 있던 곳에서 뾰족한 삼각형의 새부리 같은 것이 솟아

올라왔다.

"하압!"

재식은 땅 위로 튀어나온 샌드 웜을 보고는 짧게 기합을 질렀다.

그와 함께 순식간에 온몸으로 마력이 퍼져 나갔다.

그그그극!

마치 대기가 울리는 듯한 소음이 재식의 몸을 중심으로 흘러나왔다.

"길드장님이 헐크로 변신하신다!"

배 위에서 그 모습을 지켜보던 길드원 한 명이 소리쳤다.

미국의 코믹스 원작 만화에 나오는 돌연변이 녹색 괴물과 비슷했는데, 재식은 녹색이 아닌 검정색이라는 것에서 차이가 조금 있었다.

더욱이 재식은 그렇게 커진 몸에 마치 물고기나 용의 비늘과 같은 검정색의 미늘 갑옷을 입고 있었다.

그러다 보니 사실 헐크보다는 고대 그리스 로마 신화에 나오는 전쟁의 신과 비슷한 모습이었다.

헐크든 전쟁의 신이든, 언체인 길드원들이 보기엔 언제나 심장을 두근거리게 만드는 모습이었다.

"캬, 길드장님이 변신하는 모습은 정말로 남자의 심장을 고동치게 만든다니까."

"맞아. 진짜 멋있다."

배 위에서는 재식이 샌드 웜을 잡기 위해 변신한 모습을 보며 감탄하고 있었다.

하지만 변신을 한 재식에게 그런 그들의 소리가 안 들리는지, 방심하지 않고 재빠르게 달려들어 놈의 단단한 주둥이를 잡아챘다.

탁!

"흐합!"

주둥이를 붙잡은 재식이 기합을 지르며, 아직 땅속에 있는 샌드 웜의 나머지 부분을 억지로 끄집어 올렸다.

끼기기긱!

샌드 웜은 땅 위로 몸이 올라오게 되면 자신이 불리하다는 것을 알기라도 하듯, 재식에게서 어떻게든 빠져나가기 위해 몸부림을 치기 시작했다.

놈의 발악을 온몸으로 느끼며 재식은 주둥이를 더욱 강하게 붙잡았고, 그러는 한편 몸을 뒤로 젖혀 샌드 웜이 나온 구멍에서 조금씩 멀어져 갔다.

그럴수록 놈은 한층 강하게 요동치며 반항했지만, 재식은 결코 그냥 풀어 줄 생각이 없기에 더욱더 손에 힘을 단단히 주었다.

힘겨루기를 시작한지 얼마 되지 않아 서서히 승기가 재식에게로 향했다.

쿵!

급기야 5m나 되는 샌드 웜의 몸통이 땅 밖으로 모습을 드러냈다.

끼기!

샌드 웜은 온몸이 밖으로 빠져나온 걸 느끼며, 마치 살려 달라는 듯 작은 소리로 울기 시작했다.

지렁이의 몸에 세 조각의 날카로운 부리를 가지고 있는 샌드 웜이지만, 땅 위에서만큼은 놈도 아무런 힘을 쓸 수가 없었다.

"크아아악!"

재식은 마력이 가득 담긴 소리를 내뱉었다.

끽!

그걸 들은 샌드 웜은 순간 온몸이 굳어지는 듯한 느낌을 받고, 꿈틀거리던 행동을 멈췄다.

소리에서 느껴지는 파장만으로도 자신보다 훨씬 강한 포식자임을 느낄 수 있었기 때문이다.

그런 샌드 웜의 모습에 재식은 그제야 굳어 있는 놈에게 천천히 다가갔다.

샌드 웜은 재식이 다가오는 걸 느끼며 끊임없이 낑낑대며 자비를 바랐지만, 그의 발걸음은 멈추지 않았다.

곧 재식이 놈이 바로 앞까지 다가가서야 멈춰 섰다.

그러고 나서 날카롭게 변한 손톱으로 샌드 웜의 머리에

마법진을 그리기 시작했다.

끼기기!

"윽, 소리 장난 아니네."

생으로 가죽이 갈라지는 통증에 샌드 웜은 비명을 질러 댔고, 멀리에서 그 소리를 들은 길드원들은 인상을 찌푸리며 귀를 막았다.

하지만 재식은 이에 아랑곳하지 않고 계속해서 마법진을 새겼다.

시전자에게 호감을 느끼게 하는 차밍을 그리고, 그 위에 복종과 종속의 인을 그렸다.

총 세 개의 마법이다 보니, 테두리가 3중으로 되어 있는 마법진으로 만들어졌다.

작업을 끝낸 재식은 날카로운 손톱으로 자신의 손바닥을 그었다.

주욱—

날카로운 손톱이 지나가자, 마치 칼에 베인 듯 검붉은 핏 방울이 맺혔다.

재식은 그렇게 손바닥에 맺힌 핏방울을, 마법진 한가운데에 떨어트렸다.

"활성화!"

번쩍—

재식이 핏방울을 마법진 위에 떨어트리고 활성화하자, 그곳에서 검붉은 아지랑이가 피어올랐다.

흑마법이 활성화될 때 나타나는 현상이었다.

끼기기!

마법진의 기현상이 끝나자, 굳어 있던 샌드 웜이 작게 소리를 냈다.

그런데 녀석의 입에서 나는 건 두려움에 떠는 울음이 아니라, 마치 새끼 물개가 조련사에게 재롱을 부릴 때나 내뱉을만한 소리였다.

한편, 배 위에서 재식의 모습을 지켜보던 언체인의 길드원들은 하나같이 고개를 갸웃거렸다.

재식이 처음 다가오는 샌드 웜에게 걸어갈 때까지만 해도 이들은 그가 단순히 사냥을 하려는 줄 알았다.

샌드 웜의 등급은 언체인의 길드원들과 비슷했다.

때문에 지상이 아닌 땅속에서 공격한다면, 자신들이 위험해질 수도 있었다.

하여 이를 우려한 재식이 자신들을 물리고 혼자 샌드 웜을 잡으려는 줄 알았는데, 상황을 계속해서 지켜보니 그게 아니었다.

길드장인 재식이 샌드 웜을 붙잡고 땅 위로 끌어 올리더니, 그렇게 올라온 샌드 웜을 가지고 무언가 작업을 하는 것이 아니겠는가.

그렇게 재식이 무언가 하던 행동을 끝마치자, 무서운 몬스터인 샌드 웜이 무슨 애완동물마냥 애교를 부리기 시작했다.

"저거 뭐야!"

"뭐지?"

배 위에서 이를 지켜본 언체인 길드원들은, 하나같이 지금 자신들이 본 것을 믿을 수가 없다는 표정을 짓고 있었다.

한편, 재식은 자신의 의도대로 샌드 웜이 도망치거나 덤비지 않고, 자신을 올려다보며 재롱을 부리자 입가에 미소를 지었다.

"옳지, 마법진이 제대로 작동하는군."

재식은 자신의 생각대로 샌드 웜이 움직이자, 입가에 미소를 지었다.

[우로 굴러! 좌로 굴러!]

마법진이 제대로 작동하는 것을 본 재식이 이번에는 텔레파시로 지시를 내렸다.

그러자 샌드 웜은 마치 강아지라도 된 듯 좌우로 뒹굴뒹굴 굴렀다.

그 모습에 재식은 기꺼운 마음이 들어 또 다른 지시를 내렸다.

[친구들을 불러와!]

　재식은 이 근방에 있는 모든 샌드 웜에게 앞에 있는 녀석에게 한 것처럼 종속의 인을 그려 넣을 생각을 했다.

　그가 이런 생각을 하게 된 데에는 몇 가지 이유가 있었다.

　샌드 웜은 그 이름에서도 알 수 있듯이 어스웜과 동류의 몬스터였다.

　조금 다른 것이 있다면, 어스웜이 단단한 흙에서 주로 서식했고, 샌드 웜은 조금 무른 땅이나 모래에서 볼 수 있는 몬스터라는 것이었다.

　하지만 둘 다 지렁이와 비슷한 습성이 있는 건 마찬가지였다.

　땅에 숨구멍을 내 주고 거름을 만들어 주기에 이것들이 활동하는 지역은 비옥해지고, 이후 농경지로 활용하기 좋았다.

　다만, 둘 모두 최소 1m가 넘는 크기를 가지고 있다 보니 상대하기도 쉽지 않았고, 또 단단한데다 미끌거리는 피부 때문에 물리 공격으로는 제대로 된 타격을 줄 수도 없었다.

　그렇다 보니 어스웜이나 샌드 웜이 출몰하는 지역에서

농사를 짓는다는 것은, 사실상 불가능에 가까운 일이었다.

만약 농사를 지으려고 한다면 어스웜이나 샌드 웜을 모두 퇴치한 다음에나 가능한 일이었지만, 지금까지 그 어느 누구도 성공하지 못했다.

그런데 지금 세계 최초로 재식이 그러한 일을 하려고 했다.

자신이 알고 있는 흑마법을 이용해 샌드 웜들을 세뇌하고 복종시키고, 마치 쟁기를 끄는 소처럼 부리려는 것이었다.

재식은 그것에 그치지 않고, 샌드 웜을 이용해 할 수 있는 다른 일까지 생각 중이었다.

이왕 마법으로 샌드 웜을 얻었으니, 단순하게 한 가지 일이 아니라 여러 방면에서 이용하려는 계획을 세웠다.

그중 하나는 농사를 지을 옥토를 만드는 것이고, 또 다른 하나는 바로 전초기지의 보초 역할 겸 사냥개의 역할을 하는 것이었다.

국토 수복 계획이 시작되면 이곳 강령군에 기지를 세울 생각이었다.

재식은 그러한 전초기지를 보호하기 위해 헌터 협회장인 김중배와 협상하여 군에서 사용하는 30㎜ 기관포를 구매하였다.

하지만 그것만으로는 전초기지가 완벽하게 안전하다고
장담할 수가 없었다.

재식이 다른 곳으로 움직이지 않고 남아 있으면 그게
가능하겠지만, 재식도 헌터이기 때문에 길드원들과 함께
몬스터 사냥을 나가야만 하는 일이 분명히 생길 것이었
다.

그런데 이렇게 샌드 웜을 지배할 수 있게 되었으니, 기존
에 세운 방어 계획까지 포함한다면 보다 안전한 기지를 만
들 수 있었다.

'역시 와 보길 잘했어!'

생각하면 할수록 사전 답사를 온 것은 신의 한 수라는 생
각이 들었다.

만약에 재식이 함께 오지 않았다면, 멋모르고 상륙하다가
사상자가 꽤나 나올 뻔했다.

하지만 이렇게 미리 함께 온 덕분에 샌드 웜이 있음을 알
게 되었고, 피해를 보는 대신 그것들을 복종시켜 비밀 무기
로 사용할 수 있게 되었다.

'시작이 좋네.'

*　　　*　　　*

끼기기!

한 시간 정도가 흐르자, 종속의 인이 새겨진 샌드 웜이
돌아왔다.

그런데 돌아온 녀석의 뒤로는 네 마리의 샌드 웜이 따라
붙어 있었다.

"이곳에 샌드 웜이 네 마리나 더 있었다니 놀랍네."

재식은 자신이 종속시킨 녀석의 뒤에 있는 샌드 웜들을
보며 놀라워했다.

그런데 그중 가장 뒤에 따라오는 샌드 웜의 경우 재식이
처음 종속을 시킨 녀석보다 더욱 덩치가 커 보였는데, 가장
뒤에 있는 샌드 웜은 앞에서 달리고 있는 다른 놈들과는 달
리 거의 두 배에 가까운 크기였다.

그걸 본 재식은 가장 뒤에 달려오고 있는 샌드 웜이 아마
도 강령군을 지배하고 있는 암컷이 아닐까 짐작했다.

재식은 암컷 샌드 웜 한 마리와 네 마리의 수컷 샌드 웜
이라는 생각에 참으로 안정적인 구성이란 생각을 했다.

끼이! 끼이!

가장 먼저 도착한 샌드 웜은 마치 재식에게 임무를 완수
했다고 보고하듯, 고개를 까딱이며 소리쳤다.

"잘했다, 그래."

스윽! 스윽!

재식은 자신을 향해 머리를 들어 보이는 녀석을 쓰다듬
으며 빙그레 미소를 지었고, 동족을 따라오던 다른 샌드

웜들은 재식을 느끼고는 제자리에 멈춰 꼼짝을 하지 못했다.

한편, 아직까지 배 위에서 대기하고 있던 언체인 길드원들은, 한 시간을 지루하게 기다린 끝에 엄청난 모습을 보게 됐다.

조금 전에 재식이 샌드 웜을 조련하는 모습에 놀라워하던 것 이상으로 말이다.

"뭐, 뭐야!"

"습격이다!"

"길드장님을 구해야 돼!"

배 위에 있던 헌터들은 하나같이 경악하며 비명에 가까운 소리를 내질렀다.

그러거나 말거나 재식은 자신의 애완 몬스터가 된 녀석을 따라온 샌드 웜들을 흐뭇하게 바라봤다. 그러고는 상당한 마력을 끌어 올려 그르렁거렸다.

"크르르릉!"

멀리 떨어진 언체인 길드원들은 재식의 마력을 느끼지 못했지만, 땅속을 기어 다니는 샌드 웜이나 어스웜의 경우 다른 감각이 뛰어나기에 더욱 강한 자극을 받고 있는 중이었다.

그러다 보니 샌드 웜들은 재식의 마력만으로도 훨씬 강력한 포식자임을 알아차려 몸이 굳어 버렸다.

가벼운 걸음으로 샌드 웜들의 곁으로 걸어간 재식은 하나씩 종속의 인을 새기기 시작했다.

끄그극!

종속의 인과 마법진이 새겨지는 동안 샌드 웜들의 비명이 강령군 해변을 울렸다.

그것도 잠시, 30여 분의 시간이 흐른 뒤에는 5m가 넘는 커다란 덩치의 샌드 웜 다섯 마리가 재식의 주변에서 재롱을 부리는 모습으로 바뀌었다.

*   *   *

"그게 무슨 소린가?"

김중배는 방금 들은 재식의 이야기에 의문이 가득한 표정을 하며 되물었다.

방금 자신이 들은 이야기가 쉽게 이해가 가지 않았기 때문이다.

아직 국토 수복 계획은 정부의 발표만 있고, 진행이 되기까지는 수개월이 남아 있었다.

그런데 국내 랭킹에 들어가는 대형 길드도 아니고, 겨우 백 명도 되지 않은 작은 헌터 길드가 나선다니 그로서는 되물을 수밖에 없었다.

그런 소형 헌터 길드가 먼저 북한 땅에 들어가 전초기지를 세우고 몬스터 사냥을 시작한다고 하면, 누구나 자신과 같은 반응을 보일 것이 분명했다.

"언체인 길드에서 먼저 그곳에 들어가 사냥을 하겠다는 말이 정말인가?"

몇 번을 생각해 봐도 믿을 수 없는 이야기였다.

아니, 재식이 그렇게 하겠다고 해도 자신이 나서 말려야 할 판이었다.

재식은 누가 뭐라고 해도 대한민국에 네 명뿐이 없는 S등급의 헌터였다.

더욱이 공식적으로 7등급 보스 몬스터를 직접적으로 레이드하는데 성공한 헌터 두 명 중 하나였다.

물론 당시에 많은 헌터들이 보조를 했다고 하지만, 직접적으로 레이드를 성공시킨 것은 지금 앞에 앉아 있는 재식임이 분명했다.

심지어 백강현은 수백에 달하는 성신 길드 고위 헌터들의 지원을 받아 7등급 보스 몬스터를 잡은 것에 반해, 재식은 별로 도움이 되지 않는 헌터 속에서 그들을 보호하면서 7등급 보스 몬스터를 잡았다.

그런데 제일 중요한 것은 따로 있었다.

김중배에게 재식은 그런 무력적인 측면이 아니라 아티팩트를 제작하는 부분이 더욱 소중했다.

속된 말로 황금 알을 낳는 거위였다.

지금이야 더 이상 아티팩트를 만들지 않고 있지만, 아이템이란 새로운 무기는 계속해서 시중에 유통을 하고 있었다.

아티팩트에 비해 성능이 떨어지기는 하지만, 현 시점에서 유통되는 어떤 무기보다 헌터와 궁합이 잘 맞았다.

이 때문에 한국에서는 아티팩트의 가격이 떨어졌다.

헌터의 입장에서는 아이템과 성능 차이가 크게 나지 않으면서 가격이 적게는 열 배에서 최대 천 배 이상까지 차이 나는 아티팩트를 사용할 이유가 없었다.

아티팩트라고 해 봐야 아이템에 비해 사냥 지속 시간을 더욱 늘려 주는 것 이외에는 그다지 차이도 없었다.

때문에 굳이 그렇게까지 비싼 아티팩트를 구입하는 것은 일종의 과시욕일 뿐이었다.

사실 대형 길드에 속하는 간부급 외에는 아티팩트를 사용하는 헌터는 거의 없었다.

예전에야 아티팩트가 몬스터 사냥에 큰 도움이 되기에 대형 길드나 중형 길드의 간부들이 세를 과시하기 위해 많이 찾았지만, 이제는 저렴한 아이템이 나오면서 대한민국 헌터계는 새로운 바람이 불기 시작했다.

많은 이들이 아이템을 구입하여 자신의 전투력을 늘렸고, 이는 곧 헌터 길드와 국가의 이익과 직결되는 문제였다.

그러니 안정적인 아이템 공급을 위해서라도 재식의 신변에 이상이 발생하는 것만큼은 절대로 안 됐다.

재식이 안정적으로 아이템만 만들어 보급하기만 하면, 정부의 국토 수복 계획은 시간이 조금 더 걸리더라도 언젠가는 실현될 것이기 때문이었다.

그런데 그만큼 중요한 재식이 지금 위험한 행동을 하려고 했다.

물론 7등급 보스 몬스터 사냥에 성공한 재식에게 크게 위험한 몬스터는 많지 않을 거라 믿지만, 그래도 북한 땅에 있는 몬스터의 숫자를 생각하면 아무리 재식이라도 위험하다는 생각이 들었다.

그 때문에 김중배는 어떻게 하든 재식을 말리고 싶었다.

"사전 조사를 통해 저희가 상륙할 지역에 대한 작업을 마친 상태입니다."

재식은 일전에 사전 조사를 위해, 언체인 길드가 들어갈 강령군 일대에 대한 사정을 김중배에게 이야기한 적이 있었다.

"뭐? 벌써 일을 시작했다고?"

"네, 일단 위험한 몬스터는 모두 처리했고, 지금은 3등급 이하의 몬스터만 남아 있을 뿐입니다."

사전 답사를 하며 종속시킨 샌드 웜 다섯 마리를 이용해 재식은 일대의 몬스터를 청소했다.

그 때문에 언체인 길드가 상륙할 강령군 일대에는 헌터들을 위협할 만한 몬스터를 더 이상 찾아보기 힘들 지경에 이르렀다.

그리고 지금도 종속된 샌드 웜들은 재식이 지정한 곳을 돌아다니며, 몬스터들을 찾아 사냥을 하고 있는 중이었다.

"그래서 그런데, 협회에서 좀 저희를 도와주셨으면 합니다."

재식은 전에 김중배를 찾았을 때, 부탁한 것을 다시금 언급했다.

"허허, 우리가 정재식 길드장을 도울 것이 뭐가 있다고 그런 말을 하는 건가?"

김중배는 이미 정부나 협회보다 먼저 움직여, 일개 길드가 하기에는 불가능한 일을 한 재식을 보며 물었다.

"회장님도 아시겠지만, 저희 언체인 길드는 헌터의 숫자가 너무 적습니다."

"음, 그렇긴 하지."

재식이 언체인 길드의 길드원 숫자를 언급하자 김중배는 자신도 모르게 신음을 흘렸다.

그렇지 않아도 몬스터 왕국이라 불리는 북한 땅에 재식과 언체인 길드가 들어가려는 것을 막기 위해 생각하던 명분이기도 했다.

그런데 그러한 헌터의 숫자를 재식이 먼저 언급해 버리자 김중배는 자신이 생각한 명분을 내세우기 힘들어졌다는 걸 깨닫고, 신음이 절로 나온 것이었다.

"몬스터를 상대하는 데는 강력한 무력도 중요하지만, 헌터의 숫자도 몬스터를 상대할 때 적지 않은 요인으로 작용합니다."

맞는 말이었다.

비록 몬스터가 인간에 비해 떨어지기는 하지만, 어느 정도의 지능은 가지고 있었다.

그 때문에 몬스터를 상대할 때는 헌터의 질뿐만 아니라, 숫자도 무척이나 중요한 편에 속했다.

일부 하급 몬스터들의 경우, 때때로 헌터의 숫자가 자신들보다 많으면 좀처럼 덤벼들지 않았다.

하지만 무리를 지어 생활하는 몬스터들은 아무리 강력한 이가 존재한다고 해도 그 숫자가 적다면 전투력의 차이에 상관하지 않고 헌터들에게 덤벼들기 일쑤였다.

이러한 습성을 이용해 고위 헌터들이 소규모 공대를 조식하여 약한 몬스터들을 몰이사냥을 하는 경우도 있기는 했다.

그러나 가끔 자신보다 약한 몬스터 무리를 몰이사냥하려다 도리어 몬스터에게 당하는 경우가 종종 발생하기도 했다.

이 때문에 협회에서는 헌터들의 안전을 위해 가급적이면, 몬스터를 사냥할 때 몰이사냥보다는 각개격파를 헌터들에게 권장하는 형편이었다.

그럼에도 불구하고 자신의 능력을 너무 과신한 일부 헌터들에게서 사고가 끊이지 않고 있었다.

"그러니 희망하는 헌터들에 한해서는 저희 언체인 길드와 함께할 수 있도록 허가를 내주시면 감사하겠습니다."

비록 협회라도 국가 위기 상태가 아니라면, 헌터들에게 강제로 무언가를 하게 만들 수는 없었다. 그러나 방금 전 재식이 말한 대로 막지만 않는다면, 프리랜서로 활동을 하는 이들 중에는 분명 스스로 재식에게 의탁할 헌터가 있을게 분명했다.

그들은 아무리 위험하더라도 돈을 벌기 위해, 혹은 길드에 들어가기 위해 위험을 무릅쓰고 달려드는 헌터들이었다.

재식은 이런 프리랜서들을 길드에 받아들이기 전, 그들의 인성을 알아보기 위한 방법으로 자신이 건설할 전초기지로 데려가려는 것이었다.

하지만 북한 땅, 그것도 경계 지역이 아닌 내륙 깊은 지역으로 들어가는 일이라면, 아무리 그들이라도 쉽게 응하지 않을 것이 분명했다.

그러니 헌터 협회장의 이름으로 허가증이 발급된다면, 모험심이 강한 헌터나 자신의 능력에 자부심이 강한 헌터는 지원을 할 것이라 판단했다.

또한 그러한 헌터들은 당연히 어느 정도 실력이 될 테니, 현재 재식의 입장으로는 양과 질을 동시에 잡는 방법이라 할 수 있었다.

"그리고 이미 전초기지는 만들어졌습니다. 그러니 협회 직할팀 중 일부 전대와 함께한다면, 명분도 협회에 유리하게 진행이 될 것입니다. 또 대형 길드들을 견제할 수 있는 인원을 마련할 수 있으니, 협회 측에도 좋을 것이라 생각합니다."

재식은 아주 결정적인 문제 중 하나를 이렇게 은근슬쩍 끼워 넣었다.

연인인 수연과 함께한다면 길드에도 도움이 되고, 또 위험할 때 곁에서 지켜줄 수 있으니 안심이 될 것 같았다.

그리고 재식이 최수연과 연인 사이라는 것을 알고 있는 김중배이기에 지금 무엇 때문에 재식이 협회 직할팀을 언급한 건지 알아차릴 수 있었다.

'음, 맞는 말이기는 한데, 협회가 이윤을 추구하는 것을 길드들이 그냥 두고 볼까?'

김중배는 재식의 제안이 끌리기는 했지만, 다른 한편으로는 걱정이 되는 것도 사실이었다.

헌터 길드들은 절대로 자신들이 손해를 보려고 하지 않을 것이다.

만약 자신들에게 손해가 된다고 판단했을 때, 아무리 정부의 계획이라도 해도 뒤로 물러날 것이 분명했다.

하지만 그럼에도 재식의 제안이 더욱 끌렸다.

재정 자립이라는 과업은 김중배 이전에 있던 헌터 협회장들도 오랫동안 생각하던 문제였다.

과거 무력이 너무나도 커져 버린 군부를 견제하기 위해, 정부는 군이 통제하던 헌터들을 헌터 협회라는 기관으로 독립시켜 헌터들의 관리 감독을 맡겼다.

대격변을 겪고 시간이 흐르면서 국가 간의 경쟁과 견제는 이미 의미를 잃은지 오래였다.

그러다 보니 나라를 지킨다는 명분을 가졌던 군의 존재 이유가 흔들렸다.

그 때문에 군은 더욱 몬스터 헌터를 손에서 놓지 않으려 하였지만, 명분에서 뒤쳐지다 보니 어쩔 수 없이 헌터의 관리 감독 권한을 놓게 되었다.

그렇게 군부가 헌터의 관리 감독에서 멀어지자, 군의 위상은 날로 떨어져 갔다.

급기야 몬스터 필드와 민간 생활권을 가르는 경계를 지키는 경비 정도로까지 떨어져 버렸다.

일부 특수부대는 특수 장비를 이용해 몬스터 사냥을 보조하기도 했지만, 각성과 유전자 시술을 통해 초인이 되어 버린 헌터들과는 차이가 많이 났다.

보조라 해도 그저 하급 몬스터나 처리할 수 있는 정도이기에 정작 인류를 위협하는 상급 몬스터들에게는 군은 무용지물이었다.

이러다 보니 헌터의 뒤에 있는 재벌들은 그 힘을 알게 되었다.

더욱이 사람은 돈이 있어야 생활이 가능했다. 그 점을 노린 재벌들은 자신들이 가진 능력으로 현 시대의 아이콘인 헌터들을 꾸준히 모았고, 그 힘으로 자신들의 부를 지켜 냈다.

예전에는 고위 권력자들에게 재벌들이 휘둘렸지만, 대격변 이후 무엇보다 강력한 힘을 손에 넣고 나선 상황이 역전됐다. 이제는 정부도 재벌들을 함부로 대할 수가 없게 된 것이었다.

그러다 보니 재벌들은 헌터 길드의 뒤에서 이들을 조종하며, 정부의 발언권에 맞섰다.

그리고 헌터 길드들 또한 누군가의 통제를 받는 것보단 자신들이 흐름을 주도하는 것에 익숙해지다 보니, 헌터 협회의 힘이 커지는 것을 원하지 않았다.

그렇게 재벌과 대형 헌터 길드들은, 어떻게든 정부와 정부의 기관인 헌터 협회의 힘이 커지는 것을 막으려고 해 왔다.

이는 재벌과 헌터 길드들의 이권이 얽힌 관계가 크고 복잡하기에 당연했다.

그런데 재식이 이러한 틀을 깰 수 있는 방법을 얘기한 것이다.

그것은 바로 헌터 협회의 재정 자립이었다.

마치 미국의 정보 조직인 CIA처럼.

CIA는 원래는 연방 수사국인 FBI의 일개 부서에서 해외 정보를 총괄 지휘하는 독립 부서로 떨어져 나와 탄생한 기관이었다.

한데 해외에서 벌어지는 각종 작전을 위해서는 정부에서 편성해 주는 정부 예산만으로는 충분하지 못하다는 판단이 서자, CIA는 비밀리에 각종 수익 사업에 손을 댔다.

그중 하나가 바로 중남미 국가에서 수거한 마약들을 은밀하게 전 세계에 유통시킨 것이었다.

당연히 증거를 남기지는 않았지만, 시간이 흐르자 내부 고발자와 작전 실패 등으로 인해 언론에 알려지게 되었다.

당시 CIA는 엄청난 비난의 화살을 받았지만, 그럼에도 그들이 하는 일은 결국 조국을 위한 일이었기에 계속해서 확산되진 않았다.

그렇지 않아도 김중배는 이런 CIA의 일례를 떠올리며, 국가를 위해 헌터 협회가 수익사업을 하는 것을 구상하던 차였다.

그러던 와중에 재식이 그의 생각에 불을 지핀 것이었다.

사실 정부에서 내려 주는 예산만으로는 헌터 협회를 운용하는 것이 불가능에 가까웠다.

그 때문에 일부 편법을 이용해 자금을 확보하고 있긴 했지만, 안정적인 게이트 브레이크를 막기 위해선 더욱 막대한 예산이 필요했다.

재식은 그러한 사실을 알고 있기에 무주공산인 북한 땅을 기회의 땅으로 만들려 하는 것이었다.

물론 숫자가 적은 언체인 길드만으로는 불가능한 일이었다.

그게 아니라도 어차피 북한 땅은 너무도 넓어, 언체인 길드 혼자서 모든 걸 차지할 수도 없었다.

그러니 최대한 많은 땅을 확보하기 위해 헌터 협회를 끌어들이려는 것이다.

6. 다시 만난 악연

대한민국 헌터 협회장의 사무실 안, 이야기가 길어질수록 사무실 내부의 분위기는 무척이나 화기애애하게 풀어져 갔다.

　재식이 하는 이야기를 요약하자면 비록 정부의 발표가 급하게 이루어진 것 때문에 헌터 협회의 일이 많이 늘어나기는 했지만, 그것을 잘만 이용하면 날로 커지는 헌터 길드들의 독주를 막을 수 있다는 것이었다.

　거기에 더해 헌터 협회의 독립성이 더욱 커지는 일이기에 헌터 협회장인 김중배로서는 재식의 제안을 깊게 생각지 않을 수 없었다.

그러지 않아도 점점 더 거대해져 가는 대형 길드들의 행보가 예전과 같지 않았다.

이미 일부 던전이나 몬스터 필드에서는 마치 게임에서 대형 길드들이 사냥터 독점을 하던 것처럼 다른 헌터들의 몬스터 사냥을 방해하고 독점하려는 움직임이 보이고 있었다.

헌터 협회의 힘이 예전처럼 강력했다면, 감히 헌터 길드들이 그러지 못했을 터였다.

그러나 지금은 헌터 길드의 세력이 커진데다가 그들의 뒤에 막강한 재벌들이 뒷배가 되어 주다 보니, 헌터 협회와 길드의 관계가 역전돼 버렸다.

다행인 게 있다면, 조만간 부상에서 회복된 뇌신이 돌아온다는 것.

그렇게 되면 상황이 많이 달라지겠지만, 그것마저도 정부의 국토 수복 계획이 발표되면서 어떻게 될지 모르는 혼돈에 빠졌다.

그런데 지금 대한민국을 대표하는 세 명의 S급 헌터의 뒤를 잇는 네 번째 S급 헌터, 재식이 제안을 해 온 것이었다.

게다가 그 제안은 헌터 협회장인 김중배의 생각에도 절대로 손해를 보는 내용이 아니었다.

아니, 오히려 계획대로만 된다면, 행정부의 하급 기관으로 취급되고 있는 현 헌터 협회의 위상을 높여 줄지도 모를 일이었다.

현재는 헌터 협회가 경찰청과 비슷한 위치에 있지만, 어쩌면 옛 국방부가 가지고 있던 위치까지 올라갈지도 몰랐다.

재식의 제안이 성공적으로 이루어진다면, 헌터 협회도 북한 땅의 상당 부분을 확보하고 자체적으로 도시 건설이 가능할 것이기 때문이었다.

하나 정부에서 그것을 허가할지는 아직 미지수.

물론 수복 작전에서 만큼은 정부가 헌터 길드에 끌려가는 입장이었다. 그러니 헌터 협회가 예상보다 많은 지역을 확보하면 할수록 좋은 일이기에 전혀 가능성이 없지만은 않았다.

재식은 이런 점을 김중배 협회장에게도 인식시켜 주었다.

아니면 재식과 몰래 계약을 맺고 함께 확보한 지역 일부를 언체인 길드에서 전량 받아들이며, 일정 수익을 헌터 협회에 비밀리에 넘기는 것도 하나의 방법이라면 방법이었다.

사실 이런 비밀 계약을 잘 사용하는 곳이 바로 대형 길드였다.

깊게 파고든다면 그들도 할 말이 없겠지만, 일단 칼자루를 잡고 있는 것은 대형 길드들이었다.

그들을 상대할 정도로 언체인 길드가 커지거나, 헌터 협회가 예전만큼 힘을 얻을 때까지 최대한 몸을 사려야 할 것이었다.

"잘 들었네. 그러니까 자네와 우리가 함께하자는 것이지? 그리고 이득도 함께 나누고 말이야."

"맞습니다. 정부에서 길드들과 어떤 계약을 한지는 아직 알 수 없지만, 정부도 그냥 모든 이익을 길드들에 넘기지는 않을 것입니다. 또 저희 언체인 길드가 비록 생긴 지는 얼마 되지 않았지만, 어쨌든 헌터 길드니 저희도 자격이 있는 것 아니겠습니까? 그러니 헌터 협회에서 조금만 도와주시고 함께 이득을 나누는 것도 나쁘지 않다 봅니다."

재식은 자신감이 가득한 표정으로 말했다.

이미 자신이나 언체인 길드는 준비를 마쳤다.

교두보가 되고, 전초기지가 될 지역도 확보했다.

정부의 국토 수복 계획이 시작되면, 재식은 대한민국의 어떤 길드보다 먼저 옛 북한 땅을 확보하는 것이었다.

재식이 헌터 협회에 와서 김중배와 협상을 벌이는 지금 이 와중에도 언체인 길드는 확보한 강령군에서 전초기지와 부두를 건설하고 있다.

또 일부 프리랜서 헌터들을 꾸준히 모집해 강령군에 퍼져 있는 몬스터들을 소탕하고 있었다.

재식은 확보한 강령군 일대를 몬스터로부터 안전 지역으로 만들 생각이기에 정부의 계획이 시작되기 전부터 움직인 것이다.

사실 북한 땅에는 이미 교두보가 확보되었고, 또 전초기지까지 건설되고 있는 마당에 헌터 협회의 협조는 굳이 필요가 없었다.

하나 좋은 것이 좋은 것이라고 길드의 발전을 위해서, 그리고 재식의 계획을 위해선 언체인 길드는 더욱 커져야만 했다.

국내 길드 랭킹 10위권의 대형 길드로 도약한다면야 더할 나위 없겠지만, 하다못해 예전 성신 길드가 그런 것처럼 30위권 내에는 들어야만 했다.

거기까지만 올라간다면, 자신의 역량으로 나머지는 충분히 커버가 가능했다.

즉, 인적 규모는 30위권이지만 전체적인 능력은 10위권 내의 대형 헌터 길드를 능가하게끔 할 수 있다는 말이었다.

막말로 북한 지역에서 거둬들일 제원을 이용해 아티팩트로 헌터들을 도배할 수도 있고, 필요하다면 그보다 더한 것도 만들어 낼 자신이 있었다.

그 정도만 되어도 일본의 협조로 날로 강성해지는 성신

길드에 복수를 할 수 있을 것이었다.

그렇다고 해서 재식이 꼭 성신 길드와 싸워 둘 중 하나가 망할 때까지 치고받고 하겠다는 말은 아니다.

그 정도는 되어야 성신 길드에서 억울하게 쫓겨날 때 당한 수모를 사과라도 받을 수 있지 않겠는가.

성신 길드에 가입하라며 권유를 했으면서도 끝내 자신을 외면한 백장미나, 직접 구렁텅이로 밀어 넣은 최충식과 그의 가족들에게도 자신이 겪던 기분을 느끼게 해 줄 수 있을 것이다.

사실 그것만 아니라면, 재식이 굳이 힘들게 언체인 길드를 만들 이유도 없었다.

안전하게 돈을 벌고 또 부모님과 오순도순 살고 싶었다면, 힘들게 몬스터 사냥을 할 필요도 없는 일이었다.

그럼에도 이렇게 직접 몬스터를 사냥하며 길드를 만들어 헌터들을 키우고, 헌터 협회를 찾아 협회장인 김중배와 만나 논의를 하는 것이 다른 게 아니었다.

그 모든 것이 억울한 일을 당했으면서 사과와 위로가 아닌 협박을 받은 것에 대한 억울함이었다.

재식은 자신을 최대한 객관적으로 본다 하더라도 이제는 어느 누구에게도 꿀리지 않는다는 판단이 섰다.

하지만 세력이 부족하면 그들은 다시금 힘으로 억누르려 할 것이 분명했다. 그것을 알기에 재식은 자신의 배경이 되어 줄 길드를 만들고, 또 헌터 협회와 끈을 만든 것이었다.

물론 헌터 협회에 도움을 받은 것에 대한 보은을 하는 것도 포함이 되지만, 사실 재식이 헌터 협회를 도와준 것은 아티팩트 제작 의뢰를 받아 준 것만으로도 충분하다고 할 수 있었다.

그럼에도 이렇게 또 다른 계획을 가지고 협회를 찾은 것에는 모두 그런 이유 때문이었다.

"좋네, 내 적극적으로 돕기로 하지."

김중배는 재식의 제안을 모두 듣고 잠시 생각을 하더니 그렇게 대답했다.

아무리 생각해도 재식과 손을 잡고 일을 진행한다고 해도 자신이나 협회가 손해 볼 것이 전혀 없었기 때문이다.

그에 반해 계획이 성공한다면, 자신이나 헌터 협회가 가질 수 있는 이득은 한없이 많았다.

현재 헌터 협회가 가진 위치는, 치안과 사회 질서를 담당하는 경찰과 그리 다르지 않았다.

하는 일은 그보다 훨씬 힘들고 위험한 일을 하면서도 사실상 대우는 예전 소방관들이 받는 대우와 비슷했다.

자신의 목숨을 담보로 국민의 안전과 재산을 지키던 소방관들은, 위험을 알면서도 국민을 위해 불 속으로 뛰어들었다.

그러다 부상을 당해도 업무 평가란 이유로 부상을 숨기고, 자비로 치료를 해야만 했다.

그런데 그런 소방관들이 부상을 당할 때면 언제나 그렇듯, 국가직 전환과 그들의 치료를 위해 국가에서 전문 병원 설립을 해 준다는 약속을 했다. 그러나 정작 관련 법안을 통과시키기 위해 국회에 올리면, 약속과 다르게 매번 불발로 끝났다.

그러면서도 화재로 사상자가 나오면, 가장 먼저 처벌을 받는 사람은 일선에서 목숨을 걸고 싸운 소방관이었다.

참으로 아이러니한 일이 아닐 수 없었다.

현재 헌터 협회가 바로 그런 소방관과 비슷한 대우를 받고 있었다.

차원 게이트가 발생하는 것과 게이트 브레이크로 몬스터가 쏟아져 나오는 것은, 분명 헌터 협회의 잘못이 아니었다. 그럼에도 불구하고 사상자가 나올 때면, 욕을 먹는 것은 언제나 헌터 협회였다.

김중배는 오랜 기간 헌터 협회장을 하면서 이런 부조리에 대해 분노와 안타까움을 함께 느꼈다.

만약 헌터 협회가 좀 더 독립성을 가진 부처였다면, 혹은 협회가 설립되던 초기처럼 헌터 협회의 권한이 강력했다면 이렇진 않았을 것이다.

그래서 그는 지금 재식의 제안이 유달리 솔깃하게 들린

것이었다.

재식의 계획대로만 진행이 되면 협회는 독립적 지휘를 갖을 수 있을 것이고, 이후 정부와 헌터 길드들의 눈치를 보지 않고도 강력한 법을 집행할 수 있을 터.

헌터 협회가 대형 길드들에 강력한 조치를 취하지 못하는 것은 협회가 정부 산하기관이면서도 또 한편으로는 헌터의 권한을 대변하는 기관이다 보니 양쪽의 눈치를 보느라 움직이지 못한 것이었다.

헌터들의 세금 상당 부분이 이런 일에 사용이 되고 있었다.

그러다 보니 대형 길드들과 그 뒤에 있는 재벌들의 입김이 상당히 작용하고 있는데, 만약 헌터 협회의 자립이 가능하다면 굳이 그들의 눈치를 볼 필요가 없는 것은 불문가지였다.

이에 김중배는 이번 기회에 헌터 협회의 독립성을 갖는 것에 사활을 걸기로 했다.

"그렇다면 협회 소속 헌터뿐만 아니라 조금 전 이야기한 것처럼 팀 유니콘 전대도 파견해 주시기 바랍니다."

"음."

김중배가 아무리 헌터 협회장을 맡고 있다고는 하지만, 각성 헌터로만 구성된 팀 유니콘 전단의 경우에는 그에게 권한이 없었다.

팀 유니콘 전단의 모든 일은 전단장인 김현성에게 권한이 있기 때문이었다.

다만, 협회장으로서 강제가 아닌 부탁할 수는 있겠지만, 겉으로 알려진 것과 다르게 협회장인 그도 팀 유니콘에 대한 문제는 확실하게 답을 줄 수 없었다.

하지만 팀 유니콘의 전단장인 김현성이 자신의 부탁을 거절하지는 않을 것이라 생각했다.

"일단 그건 이 자리에서 확답을 줄 수는 없네. 하지만 김현성 전단장에게 이야기를 하면 들어줄 수 있을 것이야."

'음, 팀 유니콘 두 개 전대만 도와줘도 일이 편한데, 그런데 협회장이라도 그들에 대한 명령권이 없는 듯한데……'

재식은 문득 김중배의 이야기를 듣다 이상한 생각이 들었다.

그가 헌터 협회의 수장이면서도 헌터 협회에 소속된 팀 유니콘 전대에 대한 장악력이 없다는 것에 의문이 들었다.

하지만 이것은 막강한 전력을 가진 협회장이 혹시나 대형 길드들처럼 정부에 반하는 행동을 할까 봐, 정부에서 헌터 협회장이 전력을 갖는 것을 막아 놓은 것이었다.

그리고 협회 설립에 일조를 한 재벌들도 정부와 마찬가지 이유였다.

두 세력은 헌터 협회장이 행정적인 일에만 신경을 쓰고, 직접적인 무력행사는 각 전단장들이 행사하는 걸 원했다.

군인 출신인 전단장들은 국가에 대한 애국심이 투철하기에 자신들처럼 이윤을 쫓아 움직이지는 않을 것이란 생각에서였다.

물론 그중 그렇지 않은 이들도 있겠지만, 헌터 길드가 아닌 협회에 소속이 된 전단장들은 대놓고 정치적인 활동을 하지 않을 것이라 생각했다.

그리고 얼마 지나지 않아, 그들의 그런 생각은 맞아떨어졌다.

실제로 헌터 협회에 속한 헌터나 이들을 지휘하는 전단장들은, 돌발 게이트 발생이나 헌터 길드에서 막지 못한 게이트 브레이크 사태에만 출동했다.

처음에는 그걸 빌미로 수익이나 권력 등을 요구할 줄 알았는데, 던전을 개발하고 몬스터 필드에서 돈이 되는 몬스터만 사냥하는 길드에게 별다른 말을 하지 않았다.

그러한 상황이기에 재식의 지원 요청은, 결국 전단장의 뜻에 달려 있다고 봐도 무방했다.

그렇게 모든 이야기가 끝나고 재식과 김중배는 악수를 했다.

악수의 의미는 서로의 생각이 맞아떨어져 앞으로 협력을 약속하는 의미였고, 재식은 밝은 미소로 김중배의 사무실을 떠났다.

재식이 자리를 뜨기 무섭게 김중배는 어디론가 전화를 걸었다.

"총리님, 긴히 할 이야기가 있습니다."

김중배는 조금 전 재식과 한 대화들을 정리해 전해 주었다.

"자세한 이야기는 만나서 나누죠."

이미 재식과 함께하기로 했으니, 그는 앞으로 자신들의 행보에 방해가 될 요인이 무엇인지 알아보기 위해 총리를 만기로 한 것이었다.

만약 여의치 않으면 박지원 대통령까지 만나 독대할 의향도 있었다.

한편, 협회장실을 나온 재식은 기분이 좋아졌다.

자신이 협회장을 만나면서 이뤄야 할 거의 모든 것을 약속을 받았기 때문이다.

다만, 팀 유니콘 전대의 지원은 확답을 받지 못했지만, 그렇다고 해도 계획이 조금 늦춰지는 것이지 실패는 아니었다.

현재 확보한 강령군만 해도 상당히 넓은 지역이었다.

그곳만 개발해도 언체인 길드 같은 소형 길드는 엄청난 홍보 효과는 물론이고, 막대한 이익까지 벌어들일 수 있었다.

더욱이 그곳은 정부에서 특별법을 만들어 기본적인 세금만 납부하면, 더 이상 다른 곳으로 빠져 나갈 것 없이 쌓이기만 할 것이었다.

일례로 헌터들은 사냥을 나가게 되면 던전이나 몬스터 필드를 들어가기 위해서 일정 금액의 돈을 지불했고, 사냥을 끝내고 나올 때도 마찬가지였다.

이는 세금과는 별도로 헌터 발전 기금이란 이름으로 출입시 내는 것이었다.

솔직히 헌터의 입장에서 보면 몬스터를 잡아 세금을 내는데, 또 다른 명목으로 세금을 내는 것이나 다름없으니 억울할 수밖에 없었다.

그런데 언체인 길드가 강령군을 수복하게 되면 소유권을 갖게 된다. 그러니 언체인 길드 소속 헌터가 아니라면, 그곳을 출입할 때 수익을 거둘 수도 있었다.

재식이 원한다면 말이다.

다만, 현재까지는 재식도 그럴 생각이 없었다.

규모를 키우기 위해서는 소속이 없는 프리랜서 헌터들의 환심을 사야 하는 입장이기에 이런 수익을 과감하게 포기할 것이었다.

물론 언젠가는 받게 되겠지만, 최소한 현재는 그럴 시기가 아니었다.

'어?'

협회장실을 나와 헌터 협회 로비에 다다른 재식의 발걸음이 멈췄다.

*　　　　*　　　　*

일단의 사람들이 대한민국 헌터 협회 정문 앞에서, 카메라를 들고 촬영을 하고 있었다.

질문을 하고 있는 아나운서는 꽤나 귀엽게 생긴 여자였는데, 그녀는 마이크를 들고 자신의 앞에 있는 남자와 여자에게 질문을 건네고 있었다.

다만, 어눌한 한국어로 이야기를 하는 것을 보니 일본인인 것 같았다.

"최충식님과 장미 아가씨는 오늘 어떤 목적으로 한국헌터협회를 찾으신 겁니까?"

사쿠라 미나라는 이름을 갖은 아나운서는 조심스러운 태도로 최충식과 백장미에게 마이크를 들이밀며 질문했다.

"네. 일단은 일본에 파견을 갔다가 한국으로 돌아온 것이니, 한국의 헌터 협회에 복귀 신고차 이곳에 온 것입니다.”

최충식은 백장미와 함께 헌터 협회를 찾은 이유에 대해 대답을 하였다.

하지만 복귀 신고라는 것은, 굳이 이렇게 협회를 직접 찾아오지 않아도 그냥 길드 내에서 처리할 수 있는 업무였다.

이는 업무 간소화를 위해 5년 전부터 시행된 일이었다.

원래는 헌터가 외국에서 파견을 마치고 돌아올 때면, 무조건 헌터 협회에 들러 복귀 신고를 해야만 했었다.

그러던 것이, 지방에 자리 잡은 헌터 길드를 위해 근처에 있는 지회에 신고하는 것으로 바뀌었고, 그러다 그냥 소속 헌터 길드에서 통보해 주는 식으로 더욱 간소화되었다.

사실 이렇게 바뀐 것은 헌터 때문이 아니라, 헌터 길드를 위해 바뀐 것이었다.

길드원들이 헌터 협회에 신고하기 위해 움직이며, 상당한 시간을 허비하는 것이 헌터 길드 입장에선 손해기 때문이었다.

차라리 그럴 시간에 몬스터 사냥을 한 차례라도 더 하는 것이 헌터 길드 입장에선 금전적으로 이득이었다.

때문에 헌터 길드들은 손을 모아 헌터 협회와 협상을 벌였고, 기어코 정책을 바꿔 버렸다.

그런데 최충식과 백장미가 이렇게 헌터 협회를 찾아 복귀 신고를 하는 건 전적으로 카메라 촬영을 위한 쇼였다.

물론 이러한 것을 모를 일본 방송국이 아니다.

다만, 이렇게 촬영을 함으로서 한국 헌터 협회의 비능률적인 행정 시스템을 일본인들에게 보여 주기 위한 것이기에 그들도 이를 모르는 척할 뿐이었다.

"그렇습니까? 그런 것은 길드에서 통보만 해도 되는 거 아닙니까? 국민을 위해 몬스터를 사냥하는 헌터에 대한 배려가 아쉽습니다."

사쿠라는 최충식의 대답에 자신의 생각을 말했다.

"일단 여기서 이럴 것이 아니라, 안으로 들어가서 얘기하시죠."

최충식은 환한 미소를 띠며 이야기를 하였다.

"알겠습니다. 가시지요."

그와 백장미가 앞서 걸어가고, 그 옆에 있던 사쿠라 미나가 따라 들어가며 조잘댔다.

이러한 모습을 헌터 협회 로비 입구에 서 있던 또 다른 카메라가 찍었다.

오후 늦은 시간의 헌터 협회는 많은 사람들로 북적이고 있었다.

헌터 협회에서 의뢰를 받은 헌터들이 돌아올 시간이기도 하고, 또 헌터 협회에 업무가 있어 찾는 사람 등도 한창 몰리기 시작할 때였다.

그러다 보니 대한민국 헌터 협회 본부 1층 로비 근처는 무척이나 소란스러웠다.

그 모습을 본 사쿠라 미나는 일본 헌터 본부와는 전혀 다른 모습에 신기한 듯 물었다.

"굉장히 소란스럽네요. 저희 일본의 헌터 협회와는 전혀 다릅니다."

"하하, 저도 오랜만에 보다 보니 조금 그렇기도 합니다."

최충식은 지난 1년 동안 일본에서 활동해 왔다.

그러는 사이 조용한 일본의 헌터 협회나 일본의 헌터 사회 분위기에 익숙해져, 이제는 한국의 헌터 협회의 소란스러운 분위기가 잘 적응되지 않았다.

그렇게 이런저런 이야기를 하며 로비를 걷던 중 최충식은 문득 이상한 느낌에 옆에 서 있는 백장미를 돌아보았다.

"장미야, 왜 그래?"

가만히 서서 어딘가를 쳐다보는 백장미의 모습에 의아해하며, 그녀가 보고 있는 곳으로 시선을 돌렸다.

이상한 백장미의 행동과 같이 최충식도 무언가를 보고

는 그 자리에 굳어 버린 듯 멈춰, 한동안 말을 하지 못했다.

그런 최충식과 백장미의 모습에 이를 촬영하던 일본인들도 그 둘이 보고 있는 방향으로 시선을 돌렸다.

그곳에 아주 잘생긴 조각 미남이 서 있었다.

'어머! 저 사람도 헌터인가? 무척이나 잘 생겼네.'

사쿠라 미나는 최충식과 백장미가 보고 있는 한 남자를 보며 그렇게 속으로 생각했다.

그녀는 일본에서는 미녀 아나운서로 인기가 많아, 남자에게서 대시를 받아 본 경험이 많이 있었다.

거대 기업의 간부도 있고, 또 방송국 관계자와 헌터도 있었다.

그중 가장 적극적으로 대시한 것은 헌터였는데, 그 사람과는 상당 기간 연애를 하기도 했다.

돈도 잘 버는데다가 밤에 힘도 좋아, 한때 결혼까지 생각해 보기도 할 정도였다.

한데 아직까지 결혼을 하지 못한 이유는 딱 하나였다.

사쿠라 미나도 헌터가 상당히 위험한 직업이란 것을 알고 있었지만, 헌터이던 애인이 그렇게 쉽게 몬스터에게 목숨을 잃을지는 몰랐다.

그래도 일본에서는 상당히 강한 헌터였고, 그 자신도 언제나 자신만만했기에 행복이 영원할 줄만 알았다.

하나, 모든 건 착각이었다.

강하든 약하든 죽으면 모두 똑같았고, 그건 사쿠라 미나의 애인도 마찬가지였다.

그는 어느 날 몬스터 사냥을 나간다는 말을 마지막으로 돌아오지 않았으니 말이다.

그녀는 시간이 흐르고 연예인과 다시금 연애를 시작해 봤지만, 잘생긴 외모를 빼고는 헌터에 비해 내세울 만한 게 없어 사귄지 얼마 되지 않아 헤어졌다.

그 뒤로도 몇몇 헌터들을 만나 사귀었다.

그러나 그동안 사귀던 남자들에 비해 외형적으로 호감 가는 사람이 없었다.

그런데 한국에 와서 일본의 미남 배우는 저리가라고 할 정도의 잘생긴 외모의 남자를 보자, 사쿠라는 자신도 모르게 얼굴이 달아올랐다.

더욱이 그 남자는 풍기는 인상이 결코 일반인 같지 않았다.

여러 명의 헌터와 연애를 해 본 사쿠라는 직감적으로 자신의 눈앞에 있는 사내가 틀림없이 헌터라 생각했다.

그런데 더욱 놀라운 사실은 오늘 촬영하고 있는 주인공, 최충식과 백장미 헌터가 그를 알고 있는 것 같다는 것이었다.

"네, 네가 여기 어떻게……."

최충식은 자신의 음모로 인해 이미 헌터로서 사형선고를 당한 것이나 다름없는 상대가 눈앞에 나타나다 보니, 너무 놀라 제대로 말을 하지 못했다.

한편, 협회장인 김중배와 협상을 잘 끝마치고 헌터 협회를 나가려다 마주친 재식은, 차갑게 굳은 표정으로 두 사람을 노려보았다.

"재식 씨, 오랜만이야."

최충식과 백장미 중 먼저 정신을 차린 것은 여자인 백장미였다.

재식의 재능을 알아본 백장미는 그를 성신 길드로 끌어들인 적이 있었다. 그런데 최충식의 음모로 재식이 유전자 시술이 아닌 생체 실험을 당하고, 이후 폐인이 된 것을 보자 가차 없이 그를 버렸다.

백장미는 자신이 쓸모없다 판단해 버린 그를 2년 만에 다시 보게 된 것이었다. 다만, 그곳이 헌터 협회 본부라는 것에 의아한 생각이 들면서도 그녀는 본능적으로 얼굴에 철판을 깔고 아는 척을 해 왔다.

이에 재식은 그런 백장미의 모습에 질릴 지경이었지만, 잠시 생각을 정리하고는 대답을 했다.

"두 사람 정말 오랜만이네."

재식은 굳은 표정을 풀지 않은 채 담담한 목소리로 인사했다.

"그래, 오랜만이다. 그런데 몸도 정상이 아닐 네가 여긴 어쩐 일이냐? 뭐 헌터 협회 직원이라도 된 거냐? 아니면 그냥 심부름?"

최충식은 자신의 음모로 폐인이 돼 길드에서 퇴출을 당했는데, 어떻게 헌터 협회 본부에 있는지 의아해 인상을 찌푸리며 물었다.

"허허."

재식은 그런 질문을 하는 최충식의 물음에 순간 어처구니가 없어, 절로 실소가 새어 나왔다.

누구 때문에 자신이 그런 고초를 겪었는데, 아무런 사과도 없이 무슨 일로 헌터 협회를 찾았냐고 묻다니.

게다가 그것마저도 고압적인 태도로 질문하는 최충식의 물음에 어이가 없었다.

"왜? 내가 못 올 곳이라도 왔냐? 헌터가 헌터 협회를 찾는 것에 무슨 문제라도 있어?"

재식은 별거 아닌 일에 촉각을 세우는 최충식을 비꽜다.

"뭐라고?"

재식이 자신의 질문에 제대로 답하지 않고 도리어 자신을 놀리는 듯 말하자, 순간 화가 나 살짝 살기를 끌어 올렸다.

6등급 헌터에 들어선 그는 이제는 기세를 어느 정도 통제할 수 있는 수준이 되었다.

보통 5등급 헌터일 때는, 전투 중에 일은 흥분을 기폭제로 하여 마력을 끌어 올렸다.

그러나 경험이 쌓이고 6등급 헌터가 되다 보니, 이제는 평상시에도 몸에 있는 에너지를 이용해 자신보다 등급이 떨어지는 헌터의 기세를 꺾을 수 있게 되었다.

하지만 이는 재식을 제대로 알지 못하기에 그럴 수 있는 일이었다.

만약 재식의 실력을 알았다면, 당장 눈도 못 마주치고 아는 척도 하지 않았을 터.

한마디로 지금 최충식이 벌이고 있는 일은 번데기 앞에서 주름잡는 일이고, 하룻강아지가 범 무서운 줄 모르는 행동이었다.

이미 재식은 그런 경지를 훌쩍 뛰어넘어 자신이 가진 기운을 완벽하게 통제할 수 있으며, 실력은 성신 길드의 길드장이자 대한민국에서 3신으로 불리는 괴물 백강현에 버금갈 정도의 강자라는 것을 알지 못했다.

삐익— 삐익—

그런데 예기치 못한 일이 벌어졌다.

아니, 이곳이 헌터 협회 본부란 것을 망각한, 최충식의 무분별한 행동이 불러온 일이었다.

"거기 당신, 하던 행동 멈추고 바닥에 엎드려!"

사방에 있던 헌터 협회 소속 가드들이 나타나 최충현을

보며 소리쳤다.

협회의 가드들은 모두 헌터들로 이루어진 존재들이었다.

그들은 헌터 협회 내부에서 일어날지도 모르는 사고를 막기 위해 곳곳에 배치가 되어, 지금처럼 헌터가 이유 없이 기운을 끌어 올리면 나타나 이를 제지하였다.

"어서!"

"엎드려!"

최충식이 자신들의 지시에 따르지 않자, 가드들은 재차 소리쳤다.

한편, 느닷없는 소란에 1층에 있던 많은 사람들은 로비 한가운데서 벌어지고 있는 진풍경을 구경하기 위해 하나둘 모이기 시작했다.

그렇게 수많은 사람들이 자신들 주변으로 몰려들자, 사쿠라를 비롯한 일본 방송국 직원들은 당황해 어찌할 바를 몰라 움츠러들었다.

하지만 가드들의 지시에도 최충식은 조금 전 자신을 무시하는 듯한 재식의 말에 아직도 분노하여 계속해서 재식만을 노려보고 있었다.

"그만, 저희는 성신 길드에서 왔어요."

백장미는 분위기가 험악해지자 더 이상 두고 볼 수만은 없었는지, 당장이라도 최충식을 제압하려던 가드들의 앞을 막으며 신분을 밝혔다.

"저는 성신 길드 백강현 길드장님의 딸, 백장미예요. 그리고 여기 이 사람은 성신 길드 제3공대인 팀 비스트의 리더, 최충식 헌터고요."

백장미는 헌터 협회 가드들에게 자신들의 소속을 밝히며 중재에 나섰다.

헌터 협회에서 소란을 피운 상대가 국내 길드 랭킹 2위에 자리한 성신 길드 소속이며, 이름도 자자한 팀 비스트의 공대장과 성신 길드장의 딸이라고 밝히자 가드들도 어찌해야 할지 갈피를 잡을 수가 없었다.

소란을 피웠으니 일단 조사를 위해 신병을 구속해야 하지만, 그 배경이 만만치 않았기 때문이다.

"정재식 헌터님 괜찮으십니까?"

소란을 피운 상대가 상대이다 보니 어쩔 수 없자, 가드들 중 책임자가 조심스럽게 다가와 재식에게 물었다.

재식이 그냥 넘어가려 한다면 가드들도 더 이상 이 일에 관여하고 싶지 않았다.

똥이 무서워서 피하는 것이 아니라 더러워서 피한다 하지만, 지금 소란을 피운 상대들은 무섭고 더러운 똥이었다.

자신들이 아무리 헌터 협회 소속이라 하지만 상대가 상대였다.

국내 길드 랭킹 2위의 성신 길드 소속이면서 그 위치 또한 함부로 할 수 없는 로열패밀리들이었다.

"저는 괜찮습니다. 그냥 일 보세요."

재식은 자신에게 물어보는 책임자에게 별일 아니라며 돌려보냈고, 그에 가드 책임자는 속으로 안도의 한숨을 쉬며 다른 가드들에게 손짓을 했다.

"다시 자리로."

그런 책임자의 행동에 가드들은 아무 일도 없었다는 듯 자리를 떠났다.

갑자기 분위기가 바뀌자 소란에 구경을 온 사람들도 하나둘 자리를 떠났다.

한편, 가드 책임자의 행동을 지켜보던 백장미는 두 눈을 반짝였다.

'뭐야? 저 사람은 왜 재식 씨에게 괜찮냐는 질문만 하고 그냥 가는 거지?'

백장미는 지금 벌어지고 있는 일들에서 무언가 묘한 위화감이 들어 생각에 빠졌다.

정확한 이유는 모르겠지만, 헌터 협회 가드 책임자의 행동이 평소와 다르다고 느꼈기 때문이다.

'아, 그거구나.'

백장미는 이내 자신이 느낀 위화감이 무엇인지 깨달았다.

그녀가 생각하기에 보통 이런 소동이 벌어지면, 저 질문을 자신들에게 했어야 했다.

아니, 그게 아니더라도 오히려 재식을 추궁해야 말이 됐다.

그런데 마치 자신들은 재식에게 아무런 위협이 되지 않을 것이라는 듯, 그의 말 한마디에 자리를 떠났다.

그 행동은 가드 책임자가 보기에 여기서 강자는 자신들이 아닌 앞에 있는 재식이고, 설사 서로 전투를 벌인다 해도 쉽게 소란이 마무리 될 것이라는 믿음이 있지 않는 한 그런 행동을 보일 수 없었다.

'뭐지? 우리가 뭘 놓친 걸까.'

백장미는 아무리 생각해도 방금 재식의 한마디에 자리를 떠난 가드들의 행동이 도무지 이해가 되지 않아 더욱 혼란스러워졌다.

"어머, 재식 씨!"

알 수 없는 이유로 머리가 복잡한 백장미의 귀에 누군가 재식을 부르는 소리가 들렸다.

그런데 백장미가 신경이 쓰이는 것은 따로 있었다. 바로 그 목소리가 여자인 자신이 들어도 너무도 아름답다는 것.

그 때문에 자신도 모르게 고개를 돌린 백장미의 눈에는 상당한 미녀가 환한 미소를 지으며 재식을 향해 걸어오고 있는 모습이 보였다.

"어, 수연……."

푹!

자신을 향해 빠르게 다가오는 최수연을 발견한 재식이 막 대답을 하려는데, 그녀가 자신의 품에 와락 안겨 왔다. 그런 그녀의 모습에 재식은 당황해하며 물었다.

"어디 갔다 오는 길이야?"

"응. 신촌에 돌발 게이트가 발생해서 거기 출동했다가 복귀하는 중이었어."

최수연은 재식의 물음에 미소를 지으며 답하고는 이곳에서 무엇을 하고 있던 것인지 물었다.

"그런데 재식 씨는 여기서 뭐 해? 지금 한창 바쁠 때 아냐?"

언체인 길드가 강령군에 이미 교두보를 확보하고 한창 전초기지를 건설하고 있는 것을 알고 있는 그녀는, 재식이 헌터 협회 로비에 서서 사람들과 대치하고 있는 것에 의아해하며 물었다.

"김중배 협회장님과 상의할 일이 있어서 잠시 들른 거야."

"아, 그 문제 말이구나. 그래서 어떻게 됐는데?"

재식이 김중배 협회장과 상의할 일이 있다는 대답에 최수연은 기대 어린 목소리로 대답을 재촉했다.

"물론 잘 됐지. 조만간 협회장님이 팀 유니콘에 지시를 내릴 수도 있으니까, 어느 정도는 준비해 놔."

"헤헤, 그럼 우리 같이할 수 있어?"

"그런데 아직까지는 확답은 아니니까 너무 기대하지는 말고. 그래도 협회장님이 약속을 했으니, 그리 될 가능성이 높긴 하겠지."

재식은 만약 팀 유니콘에서 지원이 온다면, 아마도 헌터 협회에서 파견될 팀은 최수연이 전대장으로 있는 제5전대가 되지 않을까라는 기대를 갖고 있었다.

"부작용을 극복했나 보네요."

백장미는 재식과 수연이 자신들을 무시하며 다정하게 이야기를 하는 게, 왠지 모르게 불쾌하여 대화에 끼어들었다.

느닷없는 백장미의 질문에 재식은 잠시 대화를 멈추고 고개를 돌려 그녀를 바라보았다.

그녀의 질문에 문득 예전 일이 떠오르자, 재식은 치밀어 오르는 분노로 인해 자신도 모르게 통제하던 심장의 마력이 풀려 버렸다.

우웅—

거센 마력이 고삐 풀린 망아지처럼 날뛰려 했고, 재식은 천천히 마음을 가라앉혀 다시금 심장의 마력을 갈무리하였다.

분노를 표출할 곳이 최소한 이곳은 아니었다.

그런 생각한 한 재식은, 갑작스러운 마력에 놀란 백장미와 최충식에게 비릿한 미소만 날리고 자리를 떴다.

7. 도약을 위해

잠시 소란이 있던 헌터 협회 본부 로비는 재식과 최수연이 자리를 떠나자 언제 그랬냐는 듯 평상시처럼 돌아갔다.

　하지만 다른 사람들과 동떨어져 뭔가 억울한 일을 당한 듯한 표정을 짓고 있는 이가 있었다.

　그 사람은 바로 최충식과 함께 헌터 협회를 찾은 백장미였다.

　TV 촬영과 인터뷰 때문에 헌터 협회를 찾은 건데, 그곳에서 뜻하지 않는 만남이 이루어졌다.

　한때 관심을 가져 자신이 속한 헌터 길드에 끌어들였지만, 재능을 꽃피우기도 전에 음모에 휘말려 페인이 되어 버린 존재를 말이다.

물론 이성적으로 끌린 것은 아니었다.

그저 자신의 연인에게 경각심을 주기 위한 마음과 그러면서도 자신의 집안 사업이기도 한 길드에 도움이 될 것 같은 헌터 한 명을 끌어들였을 뿐이다.

하지만 그녀가 생각지 못한 것이 하나 있었다.

그것은 바로 그녀의 연인인 최충식의 성격이었다.

전형적인 금전 만능주의에 사람을 계급으로 나눠 자신만이 최고라 생각했다. 그 이외의 사람은 이용할 수 있는 사람과 자신의 스트레스를 풀기위한 도구 정도로 생각하는, 전형적인 악당이라는 것을 말이다.

사실 최충식의 성향을 보면 그가 멀쩡하게 헌터로 생활하는 것이 이상해 보일 정도였다.

막말로 범죄자로 타락한 헌터가 되어도 진작 되었을 사람이다.

그런 이가 잘나가는 대형 길드의 간판 헌터가 되어 활약하는 것을 보면, 참으로 요지경이 아닐 수 없었다.

하지만 끼리끼리 어울린다고 백장미나 최충식 두 사람 모두 어느 누가 더 나쁘다 할 수 없을 정도로 비슷한 성향을 가지고 있었다.

그렇기에 인간을 상대로 속여 생체 실험하는 이나, 그러한 사실을 알면서도 오히려 속은 것이 잘못이라며 외면을 하는 이나 매한가지였다.

그런데 인간은 참으로 간사해 분명 자신이 실패자라 생각하여 관심을 거두고, 또 도움이 필요할 때는 외면했으면서도 정작 그가 뒤늦게 잘 된 것을 알고 나자 급 관심이 생겼다.

그래서인지 그녀는 그의 외면에 분노가 차올랐다.

'감히 날 무시해!'

백장미는 재식과 수연이 다정하게 멀어져 간 뒷모습을 떠올리며, 어금니에서 소리가 나도록 힘껏 깨물었다.

"뭐 해?"

최충식은 아직도 멍하니 무언가 생각을 하고 있는 백장미를 보며 물었다.

"응? 아, 아무것도 아냐!"

충식의 물음에 백장미는 잠시 당황하다가 아무것도 아니라며 변명을 했다.

그러고 나서 이야기 방향을 돌리기 위해 다른 말을 꺼냈다.

"그런데 그 사람 좀 바뀐 것 같지 않아?"

"그 사람? 누구?"

"조금 전 자기 친구."

분명 재식의 이름을 기억하면서도 괜히 꼬투리 잡히기 싫은 백장미가 짐짓 이름이 생각나지 않는 척 말을 꺼냈다.

"그놈이 친구는 무슨 친구. 그리고 실패작이 얼마나 바뀌었을라고!"

최충식은 백장미의 의도를 눈치채지 못하고, 그저 자신과 재식을 친구라 가져다 붙이는 그녀의 말만 떠올리며 흥분해 소리쳤다.

"아무튼, 그 사람 몇 년 전에 보았을 때하고는 달라진 것 같아."

백장미는 조금 전 최충식이 기세를 올렸을 때, 재식의 모습을 떠올리며 이야기하였다.

그때 재식이 보여 준 모습은, 유전자 시술 부작용을 앓고 있는 사람의 모습이 절대로 아니었다.

그러한 여유 가득한 표정은 그녀가 가장 잘 알고 있었다.

바로 자신의 아버지.

성신 길드의 장이면서 대한민국에서 3신이라 불리는 절대 강자인 자신의 아버지가 자신을 보는 눈빛과 너무나도 비슷하다고 느꼈다.

아니, 아버지까지는 아니더라도 그룹 회장인 할아버지나 큰아버지들이 아랫사람들을 내려다보는 시선과도 비슷해 보여, 백장미는 지금 머릿속이 혼란스러웠다.

'그건 절대 약자나 패배자가 가질 수 있는 눈빛이 아니야.'

그녀가 생각하는 것처럼 재식이 그들을 쳐다보는 시선은

정말로 약자의 눈빛이 아니었다.

　그저 하룻강아지 범 무서운 줄 모르고 까부는 것같이 시선을 아래로 내려다보는 것이었다.

　한마디로 네가 어디까지 하는지 두고 보겠다는 그런 시선 말이다.

　하지만 약혼자인 최충식은 아직도 혼자 흥분해 냉정한 판단을 하지 못하고 있었다.

　그런데 이상한 것이 있었다.

　자신의 아버지야 절대 강자였다. 단지 곁에 가는 것만으로도 느껴지는 카리스마와 기운에 온몸이 찌릿하고 솜털이 다 솟아오를 정도로 피부를 따끔하게 만들 정도였다.

　하지만 조금 전 본 재식에게서는 그러한 긴장감이 전혀 느껴지지 않았다. 그런데도 불구하고 백장미는 재식이 결코 자신의 아버지에 못지않은 강자란 것을 느꼈다.

　그 때문에 머릿속이 복잡한 것이었다.

　자신이 무엇 때문에 재식에게서 그러한 느낌을 받았는지, 도무지 알 수가 없기 때문이었다.

　'내가 왜 그런 느낌을 받은 것이지? 왜?'

　백장미가 그렇게 자신이 재식으로부터 느낀 것에 대한 혼란을 해소하기 위해 생각에 잠겨 있을 때, 그녀의 생각을 깨우는 목소리가 있었다.

　"혹시, 조금 전에 본 헌터를 아십니까?"

사쿠라 미나는 어눌한 한국어로 물었다.

그런 사쿠라 미나의 질문에 최충식은 살짝 미간을 찌푸렸지만, 자신을 찍고 있는 방송국 카메라를 의식해 곧바로 표정을 풀고 대답을 하였다.

"네. 알고는 있지만, 그렇게 자세히는 잘 알지 못합니다. 일면식이 있던 정도여서요."

"아, 그러시군요. 정재식 헌터는 한국에서 네 번째로 나온 S등급 헌터라고 하던데……."

"네?!"

"뭐라고요?!"

사쿠라 미나의 이야기를 듣고 있던 최충식과 백장미는, 믿기 힘든 말에 깜짝 놀라 소리쳤다.

너무도 충격적인 이야기에 혹시나 잘못 들은 것은 아닌가 싶어 재차 질문을 한 것이었다.

"예? 정재식 헌터에 대해 알고 있다고 하셨으면서… 모르셨습니까?"

"아, 그게 저희가 마지막으로 본 것이 2년 전이어서요. 당시에 부작용 때문에 헌터를 그만둘 것이라 생각했는데, 너무도 뜻밖의 이야기에 놀랐습니다."

최충식은 얼른 자신의 실수를 깨닫고 변명을 하였다.

자신 때문에 일어난 사고에 대한 것을 생략하고는 그저 부작용 때문에 헌터를 하지 못했을 것이라며, 진실과 거짓을 섞어 이야기를 했다.

그런 최충식의 말에 어느 정도 넘어간 것인지, 사쿠라는 별다른 의심을 하지 않고 이야기를 이어 갔다.

"그렇습니까? 잘 알겠습니다."

사쿠라 미나는 대답을 하고는 아무도 모르게 눈빛을 빛냈다.

그러면서 저도 모르게 조금 전 자리를 떠난 재식의 발자취를 쫓았다.

'그에게 뭔가 비밀이 있는 것 같긴 한데……. 그런데 그게 여기 있는 두 사람과 좋은 관계는 아닌 것 같단 말이지.'

눈치 하나로 지금의 위치에 오르고, 또 일반인으로 생존의 시대를 살아가는 한 사람으로서 사쿠라는 그 누구보다 생존 본능이 뛰어났다.

어떻게 보면 그런 쪽으로 각성한 사람이 아닐까 싶을 정도로 그녀는 위기와 자신에게 도움이 될 사람을 본능적으로 알아차렸다.

그런 그녀가 지금 재식에게서 같은 느낌을 받았다.

그와 적이 된다면 살기 힘들 것이고, 만약 친구가 된다면 자신에게 커다란 행운을 가져다 줄 것 같다는 느낌을 말이다.

분명 위험하니 가까이 가지 말라고 그녀의 감각이 요동쳤지만, 만약 함께할 수만 있다면 지금의 자리가 아닌 더 높은 곳으로 올라갈 수 있다는 느낌도 함께였다.

그래서인지 사쿠라 미나는 오랜만에 느껴지는 설렘에 심장이 세차게 뛰었다.

두근두근.

'오랜만이다.'

심장이 두방망이질하고 사타구니가 아릿한 것이, 사쿠라는 그를 생각하는 것만으로도 오르가즘이 느껴지는 듯해 두 볼이 상기되었다.

하지만 지금 주변에는 많은 사람들이 있어 시끌벅적해, 그녀의 변화를 눈치챈 사람은 아무도 없었다.

*   *   *

한편, 수연과 함께 제5전대의 휴게실로 향하는 재식은 조금 전 재회한 최충식의 모습을 떠올리고 있었다.

'다른 사람을 구렁텅이로 밀어 넣고 넌 참으로 잘 지내고 있구나.'

유전자 변형 시술을 받게 해 주겠다고 하고서는, 자신을 속이고 정작 몬스터의 유전자로 생체 실험을 감행한 놈이었다.

그런 최충식이 웃으며 헌터 협회 로비로 걸어 들어오던

모습을 떠올리며, 어금니를 꽉 깨물어 속으로 화를 삼켰다.

'어디 두고 보자. 네가 얼마나 위로 오를 수 있는지 말이야. 하지만 내 복수가 그렇게 달콤하지만은 않을 것이니까 기대해 주면 좋겠군.'

최충식이 자신을 상대로 더러운 장난을 친 일이나 성신 길드를 등에 업고 행한 일들, 그리고 성신 길드가 자신을 대하던 일들을 떠올리며 복수의 칼날을 갈았다.

"그런데 언체인 길드의 자본으로 가능하겠어?"

재식이 생각에 잠겨 있을 때, 그 옆을 함께 걷고 있던 최수연은 계속해서 재식에게 질문을 하였다.

그럴 때면 재식은 한편으로는 복수를 떠올리면서 또 한편으로는 충실히 연인인 최수연의 질문에 답을 하고 있었다.

"응, 충분해. 일을 진행하다가 좀 부족하다 싶으면, 아티팩트라도 하나 제작해서 팔면 되지 뭐."

자신이 제작한 아티팩트의 가치를 알게 된 뒤로, 재식은 아무리 헌터 협회장의 이름으로 제작 의뢰가 들어와도 절대로 응하지 않았다.

이전이야 자신이 만드는 아티팩트의 가치를 몰라 제작 의뢰를 받았지만, 현재 재식은 자신의 필요가 아니라면 아티팩트 제작은 일절 하지 않고 있었다.

다만, 그보다 가치가 떨어지는 아이템의 제작은 하고 있었지만, 이도 친구인 수형과 언체인 길드의 헌터들에게 만들어 준 것보다는 성능이 떨어지는 것들만 만들어 팔았다.

그럼에도 재식이 팔고 있는 아이템의 경우, 기존 사냥용 무기나 방어구보다 훨씬 비싼 가격에 거래가 되고 있었다.

그만큼 성능이 뛰어나 헌터들에게 인기가 많기 때문이었다.

"부족하면 말해 줘. 나도 모아 둔 것 좀 있으니까."

수연은 가볍게 대답하는 재식이 힘들까 싶어, 혹시라도 자금이 부족하면 이야기를 하라고 했다.

비록 헌터 길드에 소속된 헌터들보다는 많이 벌지 못하지만, 수년 간 각성 헌터로서 일을 하면서 상당한 금액을 보유하고 있었다.

돈을 벌기만 할 뿐 수시로 출동하고, 또 일이 없을 때는 헌터 본부에서 대기를 하다 보니, 정작 돈을 쓸 시간이 부족해 대부분의 금액을 은행에 넣어 두고 있었다.

그러니 연인인 재식이 필요하다면야 기꺼이 빌려줄 의향이 있었다.

그런데 정작 재식은 예산이 부족하지도 않을뿐더러, 만약 부족하게 되면 아티팩트를 제작해 판매를 하면 그만이었다.

나름 심각하게 얘기한 그녀는 그걸 생각하자, 순간 힘이 풀려 버렸다.

'재식이가 돈이 필요하면 굳이 위험한 몬스터 사냥이나,

누군가에게 돈을 빌릴 필요도 없이 그냥 아티팩트 하나만 만들어 팔아도 충분하겠구나.'

최수연은 자신이 얼마나 대단한 남자와 연인 사이가 된 건지 금방 깨달았다.

"그런데 사람들은 잘 모여?"

재식의 계획은 이미 들어 알고 있어 이번에는 다른 질문을 하였다.

그녀는 재식이 정부에서 발표한 국토 수복 계획을 이용해, 길드를 키우고 세력을 넓히려 한다는 것을 떠올렸다. 그 때문에 몬스터 왕국이라 불리는 옛 북한 땅 깊은 곳에 먼저 들어가 전초기지를 세우고 있었다.

거기에 소요되는 자금이 넉넉한지가 가장 걱정되었는데, 준비된 예산이 충분하단 이야기를 듣게 되자 이번에는 거기에 필요한 인력에 대해 물어본 것이었다.

몬스터의 왕국이라 불리는 북한 땅 깊숙한 곳에 전초기지를 세우고, 또 몬스터를 토벌하고 땅을 되찾는 일을 하려면 많은 헌터가 필요했다.

그런데 재식이 길드장으로 있는 언체인 길드는, 그 소속된 헌터의 숫자가 백 명도 채 되지 않았다.

헌터 협회에 도움 요청을 했다고는 하지만, 헌터 협회도 나름의 입장이 있기 때문에 많은 수의 헌터를 지원하지는 못할 것이었다.

그러니 그녀로서는 걱정이 되지 않을 수가 없었다.

"응. 사실 돈보다는 그게 제일 큰 고민이지."

"그래?"

"협회장님이 많이 도와준다고 했고, 또 인맥을 통해 헌터 길드에 소속되지 않은 프리랜서 헌터들을 수소문하고는 있긴 한데… 막상 얼마나 모일지 예상이 안 되니까 골치가 아픈 거지. 아무래도 이후 계획을 세우려면 인원이 얼마나 충원될지 알아야 하니까."

사실 재식도 나름 완벽한 계획을 가지고 있으면서도 몬스터 토벌을 위한 헌터 모집만은 자신이 없었다.

재식이 준비한 언체인 길드의 전투력은 웬만한 헌터 길드 못지않게 자신이 있었지만, 다른 사람들은 이러한 언체인 길드의 역량을 알지 못하기 때문이었다.

다른 길드들처럼 간판으로 내세울 헌터 공대가 있다면 모르겠지만, 현재 언체인 길드는 길드가 생긴 지 얼마 되지 않아 알려진 것이라고는 아무것도 없었다.

그저 헌터 협회나 몇몇 헌터들에게 네 번째 S급 헌터가 된 자신이 길드장으로 있다고 알려진 것뿐이었다.

사실상 현재 재식을 알고 있는 사람 중 헌터 협회 제외하고는 재식에게 협조적인 사람은 없다시피 했다.

헌터 협회야 재식과 손을 잡고 일을 해서 손해를 본 적이 없기 때문이지만, 다른 사람들의 입장은 달랐다.

협회를 빼고 재식을 알고 있는 사람들은 대부분 헌터 길드의 관계자들이었다.

그것마저 직접적으로 알고 있는 것은 아니고, 이야기를 통해 알고 있는 정도였지만, 재식이 자신들에게 도움이 되기보단 경쟁자라 생각을 하고 있었다.

그러다 보니 재식과 그들의 관계를 썩 좋다고 볼 수가 없는 것이다.

사실 재식이 하는 일에 방해나 하지 않으면 다행이라고 할 수 있을 정도다.

그런데 그런 전망도 조금 전 최충식을 보면서 좋게 진행이 될 것 같지 않았다.

자신을 싫어하는 최충식이라면 성신 길드의 이름까지 내세워 방해를 할 것이 불 보듯 뻔했다.

'아이템이나 아티팩트를 만들어 그것으로 헌터들을 유혹해 볼까?'

재식은 최충식 때문에 엉뚱한 생각을 떠올렸다.

'아니야. 군이 그렇게까지 할 필요는 없지. 뭐 헌터들이 모이지 않는다면 우리끼리 해도 충분하니까.'

재식은 욕심을 부리지 않기로 했다.

헌터 협회에서 보내 주기로 한 헌터만으로는 조금 버겁기는 하지만, 욕심 부리지 않고 천천히 차근차근 진행을 한다면야 군이 많은 헌터를 모집할 필요도 없었다.

자신이 좀 더 움직이고 최대한 헌터들의 희생을 줄이는 방향으로 계획을 진행한다면, 못 할 것도 없기 때문이었다.

※   ※   ※

쓰스슥! 철썩!

하늘에는 갈매기가 울고, 해안가에는 파도가 밀려와 방파제에 부딪혀 부서지는 인천의 바다.

그곳에 있는 인천여객 터미널 한쪽에 수많은 사람들이 모여 있었다.

그런데 터미널에 모여 있는 사람들 면면을 살펴보면, 하나같이 기골이 장대하고 또 무언가 날카롭고 강인한 인상을 풍기고 있었다.

"강령군으로 가시는 분들은 모두 이곳으로 모여 주시기 바랍니다."

이른 아침부터 인천의 여객 터미널에 나왔던 사람들은 한 사내의 외침에 하나둘 그곳으로 몰려들었다.

"헌터는 이쪽, 건설업을 하시는 분들은 저쪽으로 모여 주십시오."

사람들을 모으는 사내는 다시 한번 그들을 나눠 분리시켰다.

오늘 모인 이들은 언체인 길드에서 모집한 헌터들과 건설

관련 노동자들로, 현재 이들은 교두보를 확보한 북한 땅으로 들어가는 3차 인원이었다.

이미 두 차례에 거쳐 북한 땅에 헌터와 작업자들이 투입되었는데, 이들 중에서 헌터들만 새롭게 언체인 길드가 모집한 인원이었다.

건설 노동자들 같은 경우에는 이미 한 차례 강령군에 들어갔다 나온 사람들이 다시 3차 모집에 지원을 한 이들인 것이었다.

원래 재식의 계획은 이게 아니었지만, 북한 땅에 들어가 항구를 건설하고 또 전초기지를 건설할 때 건설 노동자들의 스트레스가 이만저만이 아니었다.

몬스터 왕국이라 불리는 북한 땅에 데려가기 위해 기존의 세 배에 달하는 임금을 약속했는데도 시간이 지날수록 건설 노동자들의 불안감은 쉽게 가시지 않고 더욱 커져만 갔다.

그들의 곁에 언체인 길드 소속 헌터들이 있음에도 불구하고, 노동자들은 두 달을 버티지 못했다.

그런 상황이 지속되다 보니, 재식은 하는 수 없이 2차 건설 노동자들을 모집하고 기존에 있던 노동자들과 교대를 시켰다.

한 가지 특이한 점이 있다면, 2차로 투입된 이들도 이전에 있던 노동자들과 별반 다르지 않은 반응을 보였다는 것인데, 아이러니하게도 처음에 무섭다고 돌아간 이들이 3차에 전원 지원했다는 것이다.

북한 땅에서 일을 할 때는 그렇게 무서웠는데 집으로 돌아와 여유를 가지고 생각해 보니, 일하며 몬스터는 단 한 마리도 구경하지 못했다.

강령군에는 TV나 컴퓨터가 없어 오히려 몬스터로 인한 사건 사고를 듣지 못했다.

그러다 보니 매번 던전과 차원 게이트로 떠들썩한 남쪽보다 더 안전하게 느껴졌고, 3차 건설 노동자 모집 공고가 뜨자마자 다시 신청을 하고 이곳에 온 것이었다.

"또 보네요."

건설 노동자들의 신원을 확인하던 언체인 길드 직원이 말했다.

"하하, 그렇게 되었습니다."

"그런데 다시 저희 길드에 신청하신 분들이 많이 보이네요."

"예. 처음에는 몬스터 왕국에 있다고 하니 두려웠는데, 집에 와서 생각해 보니 거기가 더 편하더라고요."

사실 그럴 수밖에 없었다.

언체인 길드에서 건설 노동자들에게 약속한 임금도 다른 곳에 비해 몇 배나 높았고, 또 일과 시간 외에는 절대 터치를 하지 않았다.

그러니 건설 노동자들이 집에 돌아가서도 다시금 계산기

를 두드려 보고 지원한 것이었다.

휴식과 자유를 보장해 주고 안전도 그 어느 곳보다 확실하니, 건설 노동자들에게 이보다 천국은 없었다.

다만, 아직까지 편의 시설이 부족해 마땅히 여가 시간을 즐길 수 있는 것이 없다는 게 조금 불편할 뿐이지, 그 외의 다른 것들은 매우 만족스러웠다.

게다가 노동자와 그의 가족들도 겨우 두 달 정도 나갔다 오면, 반년을 꼬박 일한 것만큼 벌어오니 매우 좋아했다.

그러다 보니 가정이 있는 사람들은, 눈칫밥을 먹다가 버틸 수가 없어 신청한 경우도 있었다.

"네. 확인됐으니 안으로 들어가셔서 앉아 계세요."

"알겠습니다. 그럼 있다 보십시다."

신분 확인을 마친 사람들은 그렇게 여객 터미널 안으로 들어갔다.

한편, 조금 떨어진 곳에서 심사를 받고 있던 헌터들은, 건설 노동자들이 몬스터 왕국이라 불리는 북한 땅으로 들어감에도 싱글벙글거리며 떠드는 모습이 이상하게 보여 쳐다보았다.

"저 사람들은 뭐가 저리 여유로운 거지?"

"그야 나도 모르지."

"젠장, 싱숭생숭하게 왜 저런다냐? 저짝은 다른 곳으로

가는 거 아녀?"

"제가 슬쩍 가서 물어볼까요?"

"예끼, 이 사람아. 그런다고 말해 주겠나. 괜히 힘 빼지
말고 가만히 있어."

돈 때문에 몬스터 왕국이라 불리는 북한 땅으로 들어가는
프리랜서 헌터들은, 웃고 떠드는 건설 노동자들의 행동이
이해가 가지 않아 자기들끼리 떠들며 불안해했다.

"아마 저 사람들은 가장 처음에 북한 땅에 갔다가 나온
사람들일 겁니다."

바로 앞에서 심사를 진행하던 직원이 이를 지켜보다가 슬
쩍 얘기를 건넸다.

"네? 그게 무슨 소립니까? 몬스터를 봤을 테니, 더 무서
워해야죠."

직원의 말에 헌터는 고개를 갸웃거리며 물었다.

그에 직원은 어리둥절해하는 헌터들에게 현재 언체인 길
드가 하고 있는 일에 대해 간략하게 설명을 들려주었다.

"여러분은 정부에서 발표한 국토 수복 계획을 들어 보셨
지요?"

"네. 그것 때문에 지원했으니 잘 알고 있죠. 어차피 동원
령이 떨어지면 강제로 징집될 것인데, 돈이라도 더 벌자고
모인 거니까요."

헌터들은 직원의 말에 자신들의 사정을 이야기했다.

"예. 아닌 분들도 계시겠지만, 아마 대부분의 헌터분들은 그런 이유로 저희 언체인 길드에 지원하셨을 겁니다."

헌터들을 심사하던 직원은 하던 일을 잠시 멈추고, 헌터들에게 현재 북한 땅에서 벌어지고 있는 일과 이들이 할일에 대해 간략하게 설명을 하였다.

사실 언체인 길드의 직원은 단순한 호의로 오지랖을 부리는 게 아니었다.

미리 이런 이야기를 해 줘야, 북한 땅에 들어가서 어리바리하지 않게 행동을 할 테니 이런 설명을 굳이 나서서 하는 것이었다.

"기본적인 숙식은 저희 언체인 길드에서 지원해 줄 것이고, 또 무기와 방어구 등도 저희 길드에서 엄선한 장비들을 대여해 줄 것입니다."

언체인 길드는 헌터 모집 요강에 이런 사실도 언급을 했는데, 그럼에도 일부 헌터들은 각자 자신들이 사용하던 장비를 가지고 왔다.

그도 그럴 것이, 모집한 헌터 길드에서 장비를 지원해 준다는 경우는 의외로 종종 있었다.

그런데 막상 가서 보면 장비의 질이 떨어지거나, 당장이라도 파기해야할 정도로 낡은 경우가 대부분이었다. 그러다 보니 언체인 길드의 장담에도 대여해 주는 장비가 좋으면 얼마나 좋을까 하는 생각을 지울 수가 없었다.

헌터의 장비는 전투 중 목숨과 직결되다 보니, 자신이 사용하던 장비에 대한 믿음으로 개인장비를 가져온 사람들이 많은 것이었다.

조금 나쁘게 말하자면, 한마디로 언체인 길드에서 대여해 주는 무구들은 믿을 수 없다는 표현인 것이었다.

"비록 저희 언체인 길드가 발족한지 1년도 되지 않은 신생 길드이기는 하지만, 길드장이신 정재식 헌터님은 무려 대한민국 4대 S급 헌터 중 한 명입니다."

이야기를 하던 직원은 잠시 말을 멈추고 주변을 살펴보았다.

자신이 다니고 있는 언체인 길드에 대한 자부심이 가득한 눈빛이었고, 그의 어깨에는 힘이 바짝 들어가 있었다.

그도 그럴 것이, 자신이 들어간 헌터 길드의 수장은 무려 대한민국에서 최고로 강한 S급 헌터 네 명 중 한 명이었기 때문이었다.

그리고 최근에 출현한 7등급 보스 몬스터 레이드를 성공한 헌터이기도 했다.

재앙으로까지 불리는 7등급 보스 몬스터를, 불과 이백여 명의 지원만으로 싸워 물리쳤다.

더욱이 바로 직전에 5등급 몬스터 웨이브를 막고 난 뒤에 출현한 7등급 보스 몬스터기에 더욱 힘들었을 것이 분명했다. 그런데 자신의 길드장은 헌터들의 희생을 최소화해 보스 몬스터를 퇴치한 것이니 자부심을 가질 만했다.

"아마 북한 땅에 들어가시면 깜짝 놀랄 겁니다."

"네? 무엇 때문에……."

"여느 대형 길드도 하지 못한 일을 저희 언체인 길드에서는 해냈기 때문입니다. 길드장님을 필두로 이미 북한 땅 일부를 점령하였고, 그곳에 있던 몬스터를 몰아내고 정부에서 발표한 국토 수복 계획을 벌써 시작하고 있습니다."

"뭐라고요?"

"아니, 그게 정말입니까?"

직원의 이야기를 듣던 헌터들은 그가 하는 말을 듣고서 깜짝 놀랐다.

언체인 길드에서 자신들을 모은 이유가 북한 땅에서 벌어질 몬스터 토벌을 위해서라고 생각했다.

더 정확히 말하자면 압도적인 몬스터의 물량으로 인해 부족한 헌터의 숫자를 채우기 위해서 자신들을 모집한 것이라고 생각했다.

그런데 그게 아니라니.

언체인 길드에서는 자신들의 예상을 비웃기라도 하듯 이미 일부 지역을 확보하고, 그곳에 몬스터로부터 국토 수복을 위한 사전 작업을 벌써 진행하고 있다는 말은 까무러치게 놀랄 만한 내용일 수밖에 없었다.

"이번에 가시면 그곳에 있는 헌터들의 지시를 잘 따르십시오. 그러면 별다른 문제없이 많은 돈을 벌 수 있으실 겁니다."

언체인 길드에서 나온 직원의 말은 정말이지 놀라웠다.

이미 정부의 계획보다 빠르게 언체인 길드에서 움직이고 있으며, 일반 건설 노동자들까지 동원해 몬스터 퇴치는 물론이고, 몬스터로부터 국토를 수복하기 위해 전초기지를 만들고 있다니.

더군다나 보통 헌터 길드에서 프리랜서 헌터들을 모집할 때는 가장 위험한 곳에 투입을 하기 마련이었다.

그런데 언체인 길드에서 파견된 직원의 말을 들어 보면 그게 아니란다.

자신들이 있는 곳에는 언체인 길드 소속 헌터가 함께할 것이고, 최전선에는 그들이 먼저 투입이 된다고 했다.

도저히 믿기 힘든 이야기였지만, 이 자리에 있는 헌터들은 그 말을 믿고 싶어졌다.

그리고 언체인 길드의 길드장인 정재식은, 이제는 4신이라 불리는 대한민국 최강의 헌터 네 명 중 하나였다.

가장 최근에 양평에 나타난 7등급 몬스터를 잡는데 가장 선두에 있었으며, 그 과정에서 심각한 부상을 입기도 했다.

그런데 불가사의한 것은 그런 부상을 입었는데도 불구하고, 불과 며칠 만에 회복을 하고 돌아다니는 것이 목격되어 사람들을 더욱 놀라게 만들었다.

더욱이 정재식 길드장에 대한 미담은 여러 사람들 사이에서 꽤나 유명했다.

종종 고아원이나 양로원 등 불우한 이웃을 돕기 위해 기부금은 내는 건 물론이고, 몬스터로 인해 신체적으로 피해를 입은 사람들에게는 값비싼 포션을 지원한 적도 있었다.

그뿐만 아니라 몬스터 사냥 중 부상을 입고 은퇴 헌터들을 위해 치료용 포션을 지원한 걸 듣기도 했다.

강령군으로 향하는 헌터들은 그 많은 미담이 전부 사실은 아닐 거라 생각하면서도 아니 땐 굴뚝에 연기날 일이 없으니 어느 정도 근거는 있을 거라 생각했다.

그러니 조금 전 직원이 한 이야기도 믿어 보기로 했다.

그게 북한 땅으로 가서 몬스터 사냥을 할 자신들에게 조금이나마 위안이 되기 때문이었다.

"그게 사실이면 좋겠네."

누군가 무리 속에서 작게 중얼거렸다.

"혹시라도 몬스터 사냥 중 부상을 입으시면, 절대로 숨기지 마시고 저희에게 바로 알려 주세요. 언체인 길드에서는 저희와 함께하는 헌터들에게는 무상 치료해 주기로 길드장님께서 약속하셨습니다. 게다가 위급한 사람을 위해 여러분들이 가실 전초기지에 긴급 치료 캡슐을 무려 열 기나 설치하셨습니다."

길드 홍보를 하는 것인지 아니면 길드장인 재식을 찬양하기 위한 말인지 분간이 되지 않았지만, 그 말을 듣는 헌터들에게는 중요한 게 아니었다.

"우와!"

길드원도 아닌 그저 모집에 응한 사람들에게도 부상을 당하면 무상으로 치료해 준다는 말에 헌터들은 환호했다.

더욱이 치료를 위해 포션을 지원해 주는 것은 물론이고, 부상이 심하면 엄청난 비용이 들어가는 긴급 치료 캡슐까지 이용한다고 하니 놀라지 않을 수가 없었다.

정말이지 들으면 들을수록 믿을 수 없는 이야기만 들려왔다.

*　　　*　　　*

언체인 길드의 직원이 모집한 헌터들 앞에서 열심히 떠들어 대고 있을 때, 여객 터미널 한 켠에서는 재식과 수연이 테이블을 마주하고 앉아 그 모습을 지켜보던고 있었다.

"저 사람 길드 직원이 아니라 무슨 다단계 사기꾼 같아."

수연은 헌터들을 안심시키기 위해 그들에 대한 전반적인 처우와 전초기지에 어떤 시설들이 갖춰져 있는지 들려주는 직원을 가리키며 말했다.

다단계 사기꾼이 그다지 좋은 말은 아닌데, 재식도 그런 수연의 평과 저기 있는 직원이 잘 어울린다는 생각이 들어 딱히 할 말을 찾을 수가 없었다.

"뭐, 그렇긴 해도 틀린 말은 아니잖아."

직원의 말이 청산유수로 흘러나와 듣는 이로 하여금 홀딱 빠지게 만들기는 했지만, 결코 거짓이 아니었기에 재식은 꺼릴 것이 하나 없었다.

실제로 북한 땅에 들어가면 길드 소속 헌터는 물론이고, 이번에 길드에서 모집한 헌터와 헌터 협회에서 파견 나온 헌터까지 차등 없이 모두에게 중급 포션 두 개씩을 지급할 것이었다.

그런데 어째서 포션을 두 개씩 지급하냐면, 하나는 본인이 사용하고 다른 하나는 혹시나 부상이 심해 포션을 사용하지 못하는 동료 헌터에게 사용하라는 의미로 두 개를 지급하는 것이었다.

물론 두 개 모두를 자신에게 사용해도 상관은 없었다.

다만, 재식은 부상당한 헌터는 바로 후방으로 빼 치료를 받게 할 계획이어서, 포션을 두 개 모두 자신에게 사용할 일을 없을 것이라 생각했다.

애초에 그러기 위해서 전초기지에 긴급 치료 캡슐을 열기나 설치한 것이기 때문이었다.

"그런데 수형이랑 태형이는 어디쯤이래?"

재식은 수연에게 자신의 친구인 수형과 태형에 대해 물

었다.

원래 그들은 자신들의 레볼루션 클랜만 따로 움직일 생각 이었다.

그러나 재식이 프리랜서 헌터들을 모집한다는 이야기에 듣고는 계획을 바꿨다.

아무래도 굳이 따로 사냥을 하다가 다른 길드들과 움직이기 보다는, 그래도 안면이 있는 재식과 함께하는 것이 좋다는 판단이었다.

그리하여 언체인 길드에서 3차 모집을 하면, 곧장 합류하기로 얘기가 되어 있었다.

"나야 본부에서 바로 헬기를 타고 왔지만, 걔들은 클랜원들과 함께 온다고 했으니 좀 더 기다려 봐야 하지 않을까?"

수연은 아침에 집을 나설 때 동생인 수형에게서 오늘 일정에 대해 들은 걸 재식에게 얘기해 줬다.

"그래? 그런데 수형이네 클랜도 인원이 좀 늘었다며?"

"응. 그래도 능력은 있는지, 알음알음 사람들이 모이나 봐."

수형과 태형이 클랜장과 부클랜장을 맡고 있는 레볼루션 클랜도 어느새 정규 공대 규모로 인원이 늘어나 있었다.

전에는 같은 대학 출신들끼리 모여 헌터 클랜을 만들었는데, 친구인 재식이 헌터 길드를 만드는 것을 보고는 모집

요건을 바꿔 인원을 더 받아들였다.

기존 클랜원의 추천이 두 명 이상이면 곧장 가입이 되게 끔 바뀐 뒤, 레볼루션 클랜의 인원은 현재 40명까지 늘어나게 되었다.

그 정도면 딱 정규 공대 한 개 인원이었다.

열두 명 정원의 클랜으로 있을 때는 몬스터 사냥을 하는 데 제한 사항이 여러모로 많았는데, 정규 공대 규모가 되니 이런 제한에서 많이 탈피하게 되고, 이제는 6등급 몬스터 레이드도 할 수 있게 되었다.

물론 그렇게 된 데에는 헌터의 숫자가 늘어난 것도 있지만, 이들의 장비가 좋아진 것이 더욱 컸다.

태형과 수형은 일전에 잠실에서 돌발 게이트가 발생했을 때, 재식이 빌려준 아이템의 효과를 톡톡히 본 적이 있었다.

당시에 클랜원들을 그것으로 무장시키면 좋겠다는 생각을 해서, 두 사람은 친구인 재식을 설득해 레볼루션 클랜의 장비를 모두 아이템으로 업그레이드했다.

재식은 원래 두 사람 것만 만들어 줄 생각이었지만, 너무나 간절히 부탁을 하는 두 친구를 차마 외면할 수가 없어 승낙하고 말았다.

그로 인해 레볼루션 클랜는 사냥할 수 있는 몬스터의 등급 폭이 크게 늘어나게 되었고, 덕분에 클랜원을 더욱 늘릴 수 있게 되었다.

사실 헌터의 숫자를 늘리는 것은, 그냥 아는 사람을 클랜원으로 받아들이는 이상의 의미를 가졌다.

헌터 한 명을 늘리기 위해선 적지 않은 자금이 들어갔다.

그런데 한두 명도 아니고, 무려 스물여덟 명이나 단기간에 늘렸고, 그것은 기존 클랜원의 두 배가 넘는 숫자였다.

그 정도 숫자를 늘리려면 엄청난 자금이 필요했는데, 업그레이드 된 장비를 이용해 몬스터 레이드를 하다 보니 그게 가능해졌다.

기존에 긴 시간을 들여 잡던 몬스터를 보다 쉽게 사냥하고, 그러다 보니 더욱 많은 몬스터를 사냥할 수 있게 되었다.

자연히 그렇게 잡은 몬스터의 시체로, 많은 수익까지 얻게 된 것은 말할 필요도 없었다.

그리고 오늘 그렇게 늘어난 클랜원들을 모두 데려오는 것 때문에 이렇게 시간이 오래 걸리는 것이었다.

때마침 창밖에서 차가 멈추는 소리가 들렸다.

그 소리에 재식이 시선을 돌려 보니, 창 너머로 대형 버스 두 대가 터미널 광장에 멈추고 있었다.

이내 대형 버스에서 친구인 태형과 수형이 내리는 모습이 보였다.

"도착했나 보네."

"우리도 나가 봐야지."

두 사람은 자리에서 일어나 기다리던 사람들을 맞이하기 위해 걸음을 옮겼다.

8. 전초기지

쿵! 쿵!

위잉—

"올려!"

"스톱, 스톱이라고, 새끼야! 철근에 깔려 죽고 싶어?!"

강령군에는 수백 명의 사람들이 넓게 퍼져, 도시 건설 계획에 맞춰 바지런히 공사를 하고 있었다.

그런데 말이 도시 건설이지, 그 형태는 도시라고 하기 보다는 마치 중세 요새나 성을 보는 듯했다.

외각에 있는 성벽의 높이는 무려 20m나 되었고, 그 두께도 무려 10m나 되는 엄청난 성채였다.

처음에만 해도 재식은 굳이 전진기지를 건설할 때, 이 정도로 벽의 두께를 두껍게 할 생각이 없었다.

그런데 이런 무지막지한 벽을 건설하는 이유는 다름 아닌 이곳에서 전초기지를 건설하는 건설 노동자들 때문이었다.

처음 성벽을 세울 때만 해도 폭이 3m 정도이고, 아랫부분은 5m 정도인 사다리꼴 모양이었는데, 그 정도 두께를 가진 성벽에도 불구하고 건설 노동자들은 불안해하였다.

하지만 건설 노동자들이 작업을 하면서 불안에 떠는 것은 나름대로 이유가 있었다.

몬스터 중에는 신장이 1m의 작은 놈에서부터 10m가 넘어가는 커다란 놈들까지 그 크기가 참으로 다양했다.

그런데 문제는 건설 노동자들이 작업을 하는 장소가 바로 몬스터 왕국으로 불리는 북한 땅이란 것이었다.

한국에서는 대격변 초기 북한이 몬스터에 의해 무너진 것을 대대적으로 방송했다.

당시 국내 상황이 차원 게이트에서 쏟아진 몬스터로 인해 국민들이 불안과 공포를 느끼던 중이었다.

그런데 이러한 몬스터를 제대로 처리하지 못하는 정부에 대한 불신으로 분위기가 심상치 않자, 정부는 혼란을 막기 위해 정보를 통제하던 것을 모두 풀어 버렸다.

그리하여 세계 각국에서 쏟아지는 몬스터 관련 정보가 여과 없이 국민들에게 전해졌는데, 그중 한국인들이 가장 충격을 받은 것은 바로 북한의 멸망이었다.

일본의 식민 통치를 받다 해방이 된 이후 남북으로 갈려 남쪽은 자유민주주의가 자리를 잡았고, 북쪽은 공산 사회주의가 자리를 잡으면서 첨예한 대립을 하였다.

같은 동족이면서 30년 식민 통치를 한 일제보다 더 적대하고, 서로에게 총부리를 겨누며 70여 년을 그렇게 지내 왔다.

시간이 흐르면서 역전된 경제 사정으로 인해 잠깐의 화해 분위기도 조성됐고, 그렇게 민족의 소원인 통일이 이루어진 다는 희망을 가진 이들도 더러 있었다.

하지만 북한은 대격변으로 몬스터에 의해 멸망할 때까지 전혀 자신들의 체제를 굽히지 않았고, 국민의 안녕보단 독재자의 안녕만을 위하다가 그렇게 허무하게 멸망해 버렸다.

그런데 문제는 일당독재를 하기 위해 그렇게 군사력을 키워 온 북한이 몬스터에게 무너져 버린 것이다.

이 때문에 사람들은 몬스터에 대한 공포심을 더욱 가지게 되었다.

녀석들은 흉측한 생김새와 호전성을 가지고 있어 사람들이 두려워했는데, 그걸 뛰어넘어 북한이라는 국가마저 멸망시키는 것을 보자 흉측한 맹수처럼 생각한 것이 틀린 걸 깨달았다.

그러한 적이 있다 보니, 언체인 길드에서는 건설 노동자를 모집하기가 쉽지 않았다.

그런데 보통 이런 대규모 공사는 건설사들과 계약을 하는 것이 기본적이었는데, 거의 대부분의 건설사들이 대형 길드들과 먼저 계약을 했기 때문에 언체인 길드는 그들을 만나볼 수조차 없었다.

헌터 협회가 아무리 뒤에서 밀어준다고 해도 언체인 길드는 생긴 지 몇 달 되지도 않을뿐더러, 인지도는 길드장인 재식을 제외하고는 없다고 봐도 무방했다.

재식은 어쩔 수 없이 아주 작은 소형 건설사 몇 곳과 계약을 하고, 급하게 그들과 함께 일할 건설 노동자들까지 모집하여 데려올 수밖에 없었다.

그러다 보니 재식은 무려 세 배의 임금을 약속하고서야 이들을 이곳에 데려올 수 있었다.

우여곡절 끝에 노동자들을 끌어모았는데, 그들이 기존 방벽의 두께에 대해 안심하지 못하는 바람에 성벽의 설계를 다시 할 수밖에 없었다.

그렇게 성벽의 두께를 무려 두 배로 늘리고서야 안심을 하는 노동자들로 인해 전진기지의 건설 예산은 상당량 늘어나게 되었다.

솔직히 이곳의 성벽은 없어도 상관이 없었다.

전진기지의 외각은 재식이 길들인 샌드 웜으로 인해 안전했기 때문이다.

하지만 그러한 사실을 알지 못하는 건설 노동자들은 두꺼운 성벽을 보며 안심할 수 있었고, 그리고 나서야 안심하고 건설에 힘을 쏟았다.

*   *   *

부우우우─

헌터와 3차 건설 노동자들을 싣고 온 배가 부두로 들어오면서 기적을 울렸다.

"와, 여긴 벌써 항구가 건설됐네?"

배 위에서 부두를 바라보던 태형은 자신도 모르게 크게 소리쳤다.

"그러게 언제 저런 걸 다 건설했대?"

재식과 언체인 길드가 몇 달 전에 먼저 이곳에 들어와 교두보를 확보한다는 이야기는 이미 들어 알고 있었다.

그런데 설마 몬스터의 땅이라 알려진 북한 땅에 저 정도 건물이 건설되었을 것이라고는 상상조차 하지 못했다.

지금 배가 들어가고 있는 부두는 규모가 작아서 그렇지, 갖출 것은 모두 갖추고 있어 배에 실린 물자를 내리는 데는 아무런 문제가 없을 정도였다.

　게다가 임시로 건설한 부두에는 두 기의 크레인이 있어 물자를 내리고 싣는 데 용이하기도 했다.

　[인천발 강령으로 가는 제3물수리호는 10분 뒤 목적지인 강령항에 도착하오니, 승객 여러분께서는 선내에 두고 내리는 물건이 없도록 하선 준비해 주시기 바랍니다.]

　태형과 수형이 부두를 보면서 감탄하고 있을 때, 스피커에서는 선장이 승객들에게 안내 방송을 하는 것이 들렸다.

　"야, 우리도 들어가서 내릴 준비하자."

　"그래."

　두 사람은 하선 준비를 하기 위해 선실로 들어갔다.

　태형과 수형이 선실 안으로 들어가 내릴 준비를 하는 것처럼 물수리호의 선실 곳곳에서도 같은 행동을 하는 이들로 분주했다.

＊　　　＊　　　＊

　"이 일대는 더 이상 몬스터가 없어."

　재식은 부두에서 내려 준비된 차량을 타고 전초기지가 건설되고 있는 내륙 쪽으로 들어가며, 함께 차를 타고 있는 태형과 수형 등에게 설명을 하였다.

"응? 그게 무슨 소리야? 설마……."

수형은 재식의 말에 눈을 동그랗게 뜨며 소리쳤다.

"옛 강령군 일대는 이미 우리 언체인 길드에서 몬스터들을 모두 소탕했다."

"아!"

재식의 말이 끝나기 무섭게 레볼루션 클랜의 헌터들이 짧은 경탄성을 내질렀다.

일개 군이라 하지만 이 땅은 상당이 넓은 곳이었다.

그런데 백 명이 조금 못 되는 언체인 길드에서, 벌써 몬스터의 씨를 말려 버렸다고 하니 놀란 것이다.

언체인이 헌터 길드라 불리기는 하지만 클랜인 자신들과 비교해도 겨우 두 배 정도의 인원 차이밖에 나지 않았다.

그런 작은 규모로 몇 개월 만에 행정 단위에 속하는 군 넓이에 분포하고 있는 몬스터를 모두 소탕했다는 것은, 아무리 대형 길드라도 쉽지 않은 일이었다.

"그럼 우리가 해야 할 일은 뭐야?"

레볼루션의 클랜장인 태형은 자신들이 할 일이 무엇인지 재식에게 질문했다.

하지만 질문을 하는 태형의 표정이 상당히 굳어져 있는

것을 보아하니, 어느 정도 짐작을 하는 것 같았다.

"너희 클랜도 다른 프리랜서 헌터들처럼 우리 길드와 함께 전초기지 너머 옹진군으로 진출할 계획이야."

재식은 사전에 세워 둔 계획을 말해 주며, 자신들의 앞으로 행할 것을 이어 말했다.

강령군 서쪽에 있는 옹진군, 그리고 옹진군 북쪽으로 태탄과 그 오른쪽의 벽성군까지 해서 벽을 쌓을 생각이었다.

그렇게 강령군과 옹진군을 확실하게 수복하면 일부 헌터들은 방어를 위해 남기고, 황해남도 북쪽에 남은 지역을 수복하기 위해 움직일 계획이었다.

재식이 황해남도 북쪽 지역을 노리는 데는 이유가 있었다.

굳이 임진강 인근부터 시작하여 개성을 통해 올라올 대형 길드들과 경쟁할 이유가 없었기 때문이다.

대형 길드들은 옛 휴전선 인근에 자리를 잡고 북쪽으로 밀고 올라오면서 몬스터를 몰아내고 국토 수복을 할 것이었다.

그런데 그 규모가 재식과 함께하는 헌터들의 숫자에 비해 거의 60배 이상 더 많았다.

재식이 몇 달을 고생해 모은 헌터의 숫자는 헌터 협회에서 지원을 해 준 헌터와 프리랜서, 그리고 레볼루션 클랜까지 모두 합쳐도 겨우 삼백여 명에 불과했다.

그런데 파주 북쪽에서 시작하는 헌터의 숫자는 무려 이만 명에 가까운 숫자였다.

그러니 굳이 그들과 경쟁을 해봐야 이득은 없을 테고, 도리어 힘들게 사냥만 하다가 그들에게 헌납이나 하지 않으면 다행이었다.

대형 길드들은 이번 국토 수복 계획에 참여하면서 정부에게 각종 혜택을 약속받았다.

그중 하나가 일반 헌터들과 함께 수복을 하더라도 수복한 지역에 관해서는 자신들이 개발권을 갖는다는 내용이었다.

반면에 일반 헌터들은 그저 몬스터의 부산물을 판매하고, 그 금액의 일부를 헌터 등급에 따라 보수를 받는 것 외에는 어떠한 혜택도 없었다.

다만, 기존에 몬스터 사냥을 하고 받는 금액보다 3할 정도 더 높은 가격을 받는 것 정도가 혜택이라면 혜택일 것이었다.

그에 반해 헌터 길드들은 수복한 지역에 대한 개발권은 물론이고, 길드 랭킹에 따라 공헌도를 따져 몬스터 부산물에 대한 권리도 가져갔다.

뿐만 아니라 이번 국토 수복으로 인해 벌어들인 수익은, 일절 세금을 걷지 않는 것으로 계약을 마쳤다.

정부에서도 그런 엄청난 혜택을 주는 만큼 한 가지 조건을 걸었는데, 이번 국토 수복 계획으로 인해 벌어들인 수익의 7할은 북한 지역 개발에 사용하기로 했다.

헌터 길드도 이런 정부의 요구에 처음에는 난색을 보였지만, 생각해 보니 수복한 북한 지역을 개발하려면 자신들도 그곳에 거점이 필요했다.

이미 포화상태인 남쪽에서는 힘든 일이나, 북한 지역은 국토 수복을 하면서 몬스터를 사냥한다고 해도 한동안 다른 길드와 경쟁할 필요가 없었다.

아니, 확보한 지역은 자신들만의 사냥터가 될 것이었다.

그렇게 된다면 일본에서 떼돈을 벌고 있는 성신 길드만큼은 아니더라도 나름 충분한 사냥터를 확보할 수 있을 것으로 내다봤다.

사실 이런 이유로 대형 길드에서 이번 북한 지역에 대한 국토 수복 계획에 참여를 하는 것이었다.

예전에는 자신들보다 한참이나 아래였던 성신 길드가 충분한 사냥터를 확보하며, 엄청난 성장을 하는 것을 두 눈으로 지켜보았다.

성신 길드에 순위를 빼앗긴 헌터 길드들은 이번 기회에 자신들도 충분한 사냥터를 확보하고 길드의 규모를 키울 기회로 삼을 계획을 가지고 있었다.

재식은 그런 복잡한 각축장에 굳이 언체인 길드를 포함시킬 이유가 없어 자신만의 독자 노선을 걷기로 한 것이다.

비록 숫자는 적지만 지금까지 꾸준히 발전해 온 언체인 길드원들, 그리고 헌터 협회에서 파견 나온 고위 헌터들과 그 뒤를 받쳐 줄 프리랜서 헌터까지 총 삼백여 명이라면, 대형 길드와 함께 움직이지 않아도 충분히 가능하다고 보았다.

다만, 특별한 변수가 생기지 않는다는 전제하에서의 계획이었다.

*   *   *

거대한 요새처럼 보이는 전초기지에 도착한 헌터들은, 이미 완성된 숙소를 둘러보았다.

"아직 숙소가 모두 건설된 것이 아니라서 방이 조금 부족하니까, 네 명이 한방에서 지내야 합니다."

헌터들의 숙소는 방 하나가 7.5평 정도로 네 명이 생활하기에는 조금은 좁은 듯한 방이었다.

방에는 한 개의 화장실과 작은 주방이 있고, 2층으로 된 침대 두 개가 있었으며, 개인 소지품을 넣을 수 있는 철제 수납장이 침대 옆에 놓여 있었다.

"우와."

새 건물이다 보니 내부는 무척이나 깔끔했으며, 여러 명이 좁은 곳에서 생활해야 하기 때문에 혹시나 용변이나 샤워를 하는데 불편함을 줄이기 위해서, 각 층의 복도 끝에는 공동 화장실과 샤워장이 따로 만들어져 있었다.

"방을 잡고 나면 10분 뒤 정문에 모여 봐."

재식은 아직도 숙소 내부를 둘러보는 태형과 수형을 보며 말했다.

"왜?"

"아직 다른 데도 많은데, 여기만 계속 있을 거야?"

"아, 알았어. 일단 클랜원들에게 방 배정만 하고 내려갈게."

"그래. 그럼 조금 뒤에 보자!"

재식은 그렇게 레볼루션 클랜을 뒤로하고 숙소 밖으로 나갔다.

그런데 이미 그곳에는 다른 사람들이 서서 재식을 기다리고 있었다.

"벌써 방 정하고 나온 거야?"

그곳에는 헌터 협회에서 파견된 헌터들과 그들을 인솔하고 온 팀 유니콘 전대들이 있었다.

"오빠, 배고파요!"

정미나는 재식이 숙소에서 나오는 것을 보고는 얼른 그에게 달려가 소리쳤다.

"조금만 기다려 레볼루션 클랜원들이 오면 그때 같이 먹자."

자신을 보며 배고프다고 칭얼거리는 정미나를 보며 재식은 절로 미소가 흘러나왔다.

　미나는 전혀 피도 섞이지 않았으면서도 친동생마냥 재식을 따랐다.

　그리고 그런 정미나의 모습이나 행동이 재식도 싫지 않아 받아 주었다.

＊　　　＊　　　＊

　많은 사람들이 커다란 조립식 건물 안으로 들어왔다.

　2층으로 된 그 건물은 주변에 세워진 다른 건물보다 무척이나 단조로운 구조로 되어 있었는데, 딱 봐도 많은 사람을 수용하기 위한 구조로 되어 있었다.

　"여기가 식당이냐?"

　한눈에 봐도 수많은 테이블과 의자들이 놓여 있었고, 한 면을 가득 채운 유리창에는 커다랗게 '식당'이라 쓰여 있었다.

　"어. 맞긴 한데 아직은 여기로 오려는 요리사들이 거의 없어서, 식사는 백반 위주로 구성되어 있어."

　재식은 자신을 따라온 헌터들을 보며 식당 메뉴에 대해 설명했다. 그런 그의 설명을 들은 헌터들의 표정은 참으로 요상했다.

그도 그럴 것이, 현재 전 세계에서 가장 돈을 잘 버는 이들 중 하나인 몬스터 헌터였다.

그러다 보니 헌터들의 씀씀이는 대격변 이전의 재벌 2세들 못지않았고, 지금껏 먹어 온 음식도 대부분 최고급 요리였다.

그런데 여기서 백반을 먹어야 한다고 하니, 이곳으로 오는 선택을 한 것이 잘한 일인지 다시 한번 생각하는 이들도 있었다.

사실 헌터들이 이런 생각을 하는 데는 이유가 있었다.

자신의 직업이 얼마나 위험한 일인지 너무나도 잘 알고 있기에 그런 것이었다.

어떤 헌터는 그것에서 오는 스트레스를 풀기 위해 이성과 관계를 가졌고, 또 다른 헌터는 과도한 쇼핑이나 값비싼 음식을 먹는 등 다양한 방법으로 죽을지도 모른다는 압박감을 벗어던지려 했다.

이런 것들이 지속되면서 헌터들은 씀씀이가 헤퍼졌고, 아이러니하게도 경제를 돌아가게 만드는 원동력이 되었다.

그런데 마치 시간 역행을 한 것처럼 지금 북한 땅에 몬스터 왕국이라 불리는 이곳에서 서민 음식이 나온 것이다.

목숨을 걸고 몬스터 사냥을 하기 위해 왔는데, 정작 먹는 것이 평소 자신들이 거들떠보지도 않는, 단지 고픈 배를 채

우기 위해 먹는 식사를 하게 된 것이 조금은 어처구니가 없었다.

하지만 다르게 생각하면 또 이해가 갔다.

헌터들인 자신들도 북한 땅으로 들어간다고 이야기를 들었을 때 불안한 마음을 감출 수가 없었다.

수많은 몬스터와 싸워야 한다는 압박감에 부담을 느끼고 있었다.

그런 곳에 일반인인 요리사들이 올 턱이 없었다.

아니, 지금 자신들이 먹을 음식을 한창 준비하는 조리사들이 참으로 대단하다고 할 수 있었다.

그 때문인지 작은 소란이 일기는 했지만, 헌터들은 크게 불만을 토로하지는 않았다.

"조금 불만이 있을 수 있겠지만, 현재 전초기지가 완성된 것도 아니라 어쩔 도리가 없습니다."

재식은 다행히도 자신의 설명에 별다른 말을 하지 않는 헌터들을 보며 적이 안심이 되었다.

"어차피 우리가 파티를 하기 위해 여기 온 것도 아니고, 백반이면 어떻고, 고급 요리면 또 어때. 뱃속에 들어가면 모두 똑같을 것인데."

재식의 설명을 들은 수형은 마치 모두 들으라는 듯, 조금은 크다고 느낄 만한 목소리로 말했다.

사실 이 자리에 있는 헌터들 중 매일 고급 요리만 먹는 이들은 없었다.

밖에서 외식을 할 때야 최대한 고급스럽게 먹으려 하지만, 집에 들어오면 만사가 귀찮아 최대한 간단하게 먹으려 했다.

그러다 보니 집밥이나, 간단하게 라면 등으로 때우는 경우가 대부분이었다.

그러니 수형의 말에 수긍을 하듯 고개를 끄덕였다.

"그래. 사실 밖에 나와 최고급 요리만 먹는 것도 슬슬 질리는 중인데, 이런 경험도 신선하지."

옆에 있던 태형도 너스레를 떨며 빙그레 웃었다.

"우리 클랜이 벌어들이면 얼마나 번다고 최고급 요리만 먹어. 안 그래?"

어느 순간 태형과 수형은 마치 코미디언 콤비마냥 만담을 주고받았다.

"비록 백반이긴 해도 재료는 내가 엄선해서 가져온 것들이야."

백반이라고 그냥 싸구려 재료로 만든 것이 아니었다.

재식은 수연과 언체인 길드원들이 먹을 음식이기에 재료만큼은 그 어떤 것보다 최고의 품질로만 엄선해 사용하였다.

"배 타고 오느라 배고플 텐데, 일단 식사부터 하자."

"그래, 배고파."

"배고파요, 오빠!"

"알았어. 일단 내가 미리 준비한 것이 있으니 자리에 앉아들 있어 봐."

재식은 그렇게 말하며 취사실 안으로 걸어갔다.

그와 함께 식당으로 들어온 헌터들은 각자 안면이 있는 이들끼리 모여 자리에 앉았다.

레볼루션 클랜원들은 태형과 수형 주변으로, 그리고 협회에서 나온 헌터들은 최수연과 제5전대 주변으로 모여 자리에 앉았다.

보통 이런 식당에서는 식판을 들고 줄을 섰다가 배식을 받는다.

하지만 오늘은 첫날이다 보니 재식이 식당에 부탁하여 뷔페식으로 준비를 하였다.

그리고 조리실 안으로 들어간 것은 특별 음식이 준비가 되었는지 보기 위해서다.

물론 특식이라고 해서 정말로 특별한 음식이 나오는 것은 아니고, 갈비찜 같은 한식에서 고급 요리로 불리는 몇 가지 음식을 부족하지 않게 준비한 것뿐이었다.

"와!"

이윽고 커다란 찜통에 가득 담긴 음식들을 본 헌터들은 누가 먼저라고 할 것 없이 환호성을 질렀다.

평소에 먹던 것보다 못 할지는 몰라도 이북 땅에서 처음

먹는 음식이기에 그 가치는 더욱 높을지도 몰랐다.

*　　　　*　　　　*

재식은 식사를 마친 헌터들을 이끌고 전초기지 안에 있는 병원으로 데려갔다.

그런데 전초기지 안의 병원은 그 크기에 비해 의사나 간호사들의 숫자가 너무나 적었다.

하지만 헌터들은 이미 식당에서 본 바가 있어서 굳이 그런 것에 신경을 쓰지 않았다.

어차피 자신들이 부상을 당하면 의사들의 처방보다는 포션을 먼저 사용할 것이고, 또 포션으로 고치지 못하는 부상이라면 사실 의사는 큰 도움이 되지 않았기 때문이다.

그럼에도 재식은 이곳에 병원을 건설하고 의사와 간호사들을 데려왔는데, 이것은 그들에게 헌터를 치료하라는 의미가 아니라 그들에게 심리적 안정감을 주기 위해서였다.

그리고 전초기지를 건설하는 건설 노동자들을 위해서는 혹시나 있을 수 있는 사고를 대비해야만 했다.

현장 일을 하다 보면 생각지도 못한 사고가 발생할 수 있는데, 그때마다 수백만 원이나 하는 포션을 사용할 수는 없었다. 아무리 재식이 마법을 이용해 포션을 만들 수 있다고는 하지만, 가벼운 부상에 사용하는 건 비효율적이었다.

그 때문에 아무도 오지 않으려는 이곳에 헌터 협회를 통해서 의사와 간호사들을 어렵게 섭외하여 데려온 것이었다.

"여기는 부상을 당했을 때 치료를 받을 수 있는 치료실."

"긴급 치료 캡슐이 여기에 있다는 말이지?"

수형은 재식을 따라 전초기지 안에 세워진 병원을 둘러보다 물었다.

"그래. 지금 가는 곳이 바로 긴급 치료 캡슐이 있는 곳이야."

몬스터를 사냥하다 포션만으로는 도저히 고칠 수 없는 심각한 부상을 당했을 때를 대비해 재식이 준비해 놓은 곳이었다.

그래서 재식은 기기 값만 50억 원이 넘는 긴급 치료 캡슐을 그냥 1층에 설치를 하였다.

굳이 부상당한 헌터를 빠르게 수용하기 어려운 지하에 설치하는 것보다는 낫다는 생각이었다.

사실 긴급 치료 캡슐은 기기가 중요한 것이 아니라 캡슐 안에 들어가는 내용물이 더욱 중요한 것이었다.

그 용액의 정체는 다름 아닌 포션이었다.

100㎖의 작은 병에 담긴 포션이 아닌 1,000L 크기의 캡슐 안에 꽉 채울 정도로 엄청난 양의 포션을 사용하다 보

니, 한 번 치료를 받기 위해선 그야말로 천문학적인 비용이
들어가는 것이었다.

예전 재식이 이벤트로 당첨이 된 최하급 포션만 해도 한
병에 100만 원이라 했었다.

그것을 100㎖도 아니고, 1,000L를 사용한다고 하면
그 가격이 대략 짐작이 갈 것이다. 그런데 긴급 치료 캡슐
에 사용하는 용액은 당시 재식이 받은 최하급 포션이 아니
라 중급이었다.

그러니 웬만한 이들이 아니고, 서는 감히 사용할 엄두조차
내지 못했다.

다만, 재식은 엄두를 내지 못할 사람이 아닐뿐더러, 웬만
한 이에도 속하지 않았다.

비록 생명을 연구하는 네크로맨서나 약물을 연구하는 알
키미스트만큼은 못 하지만, 재식도 재료만 있다면 상급 포
션까지 만들어 낼 수 있었다.

재식이 그런 것까지 만들 수 있는 것은 모두 챠콥의 기억
때문이었다.

그를 잡아 생체 실험을 했다가 도리어 잡아먹혀 버린 챠
콥은, 홉 고블린이라는 태생적 한계를 뛰어넘기 위해 재식
에게 죽기 전까지 많은 연구를 하였다.

흑마법은 물론이고, 네크로맨시와 연금술 등 다양한 분야
를 연구하였는데, 챠콥의 마법의 경지가 낮아 그것들을 깊

게는 연구하지 못했다.

다만, 여러 방면으로 연구하다 보니 그 시너지 효과로 인해 포션 제작만큼은 마법 실력을 뛰어넘어 상급 포션까지도 만들 수 있게 되었다.

챠콥을 잡아먹고 그의 기억을 일부 공유하게 된 재식은 포션의 가치를 누구보다 잘 알고 있기에 중급 포션은 물론이고, 상급 포션도 상당량 만들어 두었다.

그리고 그것은 재식의 집 거실에 마치 장식품처럼 놓여 있었다.

그도 그럴 것이, 값비싼 것이라고 깊숙한 곳에 꼭꼭 숨겨 둬 봐야, 도둑이 들면 그런 것을 가장 먼저 찾아 훔쳐 갈 것이 분명했다.

하지만 누구나 볼 수 있는 곳에 비슷한 모양의 장식품과 함께 섞어 놓으면, 도둑도 그런 것까지는 유심히 살피지 않을 것이다.

이는 등잔 밑이 어둡다는 말, 또 바늘을 숨기려면 바늘 쌈지에 숨기라는 말과도 비슷한 이야기였다.

이렇듯 가장 중요한 포션을 직접 제작할 수 있는 재식이기에 거리낌 없이 긴급 치료 캡슐을 구입해 언체인 길드 본부는 물론이고, 이곳 전초기지에도 설치할 수 있는 것이었다.

"와, 이걸 내 눈으로 보는 날이 있다니."

"이게 긴급 치료 캡슐이라는 것이구나."

재식의 뒤를 따라 긴급 치료 캡슐이 설치되어 있는 방으로 들어온 헌터들은, 그것을 보며 하나같이 감탄을 하였다.

사실상 대형 길드라도 가입하지 않는 이상, 평생 보기 힘들 물건이기 때문에 신기한 것이었다.

하지만 헌터 협회 소속으로 긴급 치료 캡슐의 혜택을 받아 본 적이 있는 헌터들은 또 다른 의미로 놀랐다.

"와, 이건 최신형이야!"

그랬다. 재식이 이곳 전초기지에 설치한 긴급 치료 캡슐은 헌터 협회가 구비하고 있는 것보다 성능이 뛰어난 최신형이었다.

헌터 협회가 보유하고 있는 긴급 치료 캡슐은, 그냥 안에다가 부상당한 헌터를 집어넣고 그 안에 있는 헌터가 치료될 때까지 기다리는 것뿐이었다.

즉, 엄청난 물량의 포션으로 믿고 기다려야 하는 것이기에 상당한 시간이 걸린다는 말이었다.

그런데 지금 이곳에 설치된 긴급 치료 캡슐은 그런 구형이 아니었다.

캡슐 안에는 아주 가느다란 주삿바늘이 달린 로봇 팔이 달려 있었고, 로봇 팔에 부착된 주사기로 상처 부위를 정교하게 치료하여 보다 빠르게 부상당한 헌터를 치료할 수가 있었다.

그로 인해 구형의 긴급 치료 캡슐에서 치료를 받는 것보다 치료 기간을 획기적으로 줄일 수 있게 되었다.

이는 무척이나 고무적인 일이었다.

처음 포션이 던전 안에서 발견된 사건 이후로 가장 혁신적인 치료법이라 할 수 있을 정도였다.

헌터는 현 시대에 그 무엇보다 중요한 자원이었다.

그 때문에 세계 각국은 어떻게 해서든 헌터 전력을 늘리기 위해 많은 연구와 노력을 해 왔다.

그리고 그에 못지않게 하는 것이 바로 부상당한 헌터의 치료 방법이었다.

새로운 헌터를 확보하는 것도 중요하지만, 부상으로 전력에서 떨어져 나간 헌터를 다시 복귀시키는 것도 그 못지않게 중요했다.

아니, 어쩌면 신규 헌터를 키우는 것보다 더 중요한 일이라 할 수 있었다. 아무래도 새롭게 양성해 한 사람의 헌터로 만들기까지 오랜 시간이 걸렸고, 부상당한 헌터는 그 것만 치료하면 다시 몬스터 사냥에서 제 몫을 다 할 수가 있었다.

그러니 부상을 당한 헌터를 치료하는 것에 더욱 많은 연구가 필요한 것이었다.

그런 면에서 이 신형 긴급 치료 캡슐은 그 무엇보다 가치가 있었다.

"후아, 저게 값이 얼마야?"

열 기나 설치되어 있는 긴급 치료 캡슐을 본 헌터들은 감탄을 하면서도 하나같이 그것의 가격에 대해 말을 하였다.

열 기의 긴급 치료 캡슐이 운용한다면, 사용되는 포션의 양만 무려 10㎘이나 되었다.

가장 싼 최하급 포션도 아니고, 그 위의 하급 포션도 아닌, 무려 중급 포션이 10㎘인 것이다.

돈만 생각하면 정말로 미친 가격이 아닐 수 없었다.

물론 대량으로 사용하기 때문에 일반 낱개 포장된 포션의 가격에 비해 조금은 싸게 구입을 하겠지만, 그래도 천문학적인 금액이 될 것이란 것은 두말할 필요가 없었다.

그런데 그런 재원을 어떻게 마련하려는 것인지, 재식은 언체인 길드 소속 헌터뿐만 아니라 이번 북한 지역 몬스터 사냥에 참여하는 모든 헌터에게 그러한 혜택을 준다고 약속했다.

아니, 계약을 했다.

사실 이곳에 모인 프리랜서 헌터들은 이러한 언체인 길드의 약속이 있어, 이번 사냥에 지원을 한 것이었다.

이미 계약서까지 그러한 내용이 들어가 있어 재식의 이름 값만 믿고 이곳까지 온 헌터들이 대부분이었다.

그리고 이렇게 실물을 확인하자, 헌터들은 심장이 뛰기 시작했다.

언체인 길드가 비록 신생 길드이고 또 숫자는 얼마 되지 않지만, 그 복지가 다른 대형 길드와는 비교가 되지 않을 정도로 엄청나다는 것을 알게 되었기 때문이다.

또 길드 소속과 차별 없이 대우해 주겠다는 약속까지 더해지자, 언체인 길드에 대한 호감이 날이 갈수록 커져만 갔다.

9. 성과가 알려지다

2062년 10월 8일.

이날은 대한민국 정부에서 국민들에게 몬스터가 빼앗은 북쪽 땅을 수복하겠다고 발표한 날이었다. 그리고 그로부터 6개월이 흐른 2063년 4월 15일 전국에 있는 헌터들에게 정부는 동원령을 발령했다.

다만, 이번 헌터 동원령은 전국에 있는 모든 헌터가 아닌, 최소 4등급에 35레벨 이상의 베테랑들이 주요 대상이었다.

옹성옹성.

많은 헌터들은 동원령이 떨어지고 각자가 착용하고 있는

헌터 브레슬릿으로 자신이 대상자인지, 아니면 면제가 되었
는지 알 수 있었다.

이렇게 국토 수복 계획에 의해 동원령이 발령이 되었지
만, 면제가 된 이들도 꽤 있었다.

그도 그럴 것이, 정부가 국토 수복 계획을 세웠다고 해서
전국에 분포한 차원 게이트가 브레이크를 일으키지 않는다
는 법은 없었다. 그러니 이를 대비하기 위해 일정 숫자의
베테랑 헌터는 남아 있어야만 했다.

물론 처음부터 이렇게 헌터들은 남긴다는 계획은 없었지
만, 모든 인원이 북한 땅을 수복하기 위해 나갔다가 정작
남쪽에 게이트 브레이크가 발생을 하면 어떻게 막을 것이냐
는 게 문제였다.

"젠장, 재수도 없지."

"왜?"

한 사내가 투덜거리자, 그 옆에 서 있던 남자가 의아한
표정을 하며 물었다.

"창기 알지?"

"창기? 그게 누군데."

"그 왜 있잖아, 회색 늑대 시술받고 뻐기던 개새끼 말이
야."

"아, 그 새끼. 근데 그 새끼가 왜?"

두 사람은 창기라는 어떤 한 사람을 가지고 물어뜯으며

이야기를 나눴다.

"그 새끼가 이번 동원령에서 빠졌다니까."

"뭐? 아니, 그런 개새끼는 무슨 협회에 돈이라도 가져다 바친 거야 뭐야. 매번 위험한 곳에는 살살 빠지고."

이야기를 듣던 사내는 북한 땅으로 들어가는 것이 두려웠는지, 아는 사람이 이번 국토 수복 계획으로 인한 헌터 동원령에서 빠진 것에 큰 불만을 토로하였다.

"헌터 협회는 아니고, 이번에 파라곤 길드에 들어갔는데, 운 좋게도 그 길드가 충남 지역 차원 게이트 브레이크 때문에 남기로 했나 봐."

"젠장, 부럽네."

조금 전 이들이 이야기한 것처럼 임계점이 다다른 차원 게이트가 있는 곳은 지역 헌터 길드를 통해 관리하였다.

산토끼도 중요하지만, 집토끼도 중요했다.

국토 수복이란 이슈로 국민의 시선을 돌리는 것에 성공을 했는데, 만약 모든 헌터들이 북쪽으로 몰려갔다가 정작 기존 지역에 게이트 브레이크가 발생해 국민들이 피해를 입게 된다면, 이는 하지 않느니만 못한 결과를 가져올 수 있었다.

그렇기 때문에 정부는 급하게 동원령을 일부 변경했지만, 개개인은 몰라도 헌터 길드 내에서 이에 대한 불만 사항은 크게 나오지 않았다.

헌터 길드라고 해서 모두가 국토 수복 계획을 좋아하는 것은 아니기 때문이었다.

대형 길드야 이권이 큰 북쪽에 관심이 많을 것이지만, 어느 정도 던전 개발권을 가지고 있으면서 몬스터 필드에서 사냥도 그럭저럭 하는 중견 길드의 경우, 굳이 위험한 국토 수복에 나갈 이유가 없었다.

나가서 피 터지게 싸워 봐야 대형 길드들의 들러리였다.

그에 반해 잔류를 하게 된다면 대형 길드가 빠져나간 자리를 자신들이 대체할 수 있게 되어, 익숙한 곳에서 안전하게 세력을 확장할 수 있었다.

그런 이유로 이번 정부의 국토 수복 계획 발표가 앞으로 헌터 사회에 지각 변동을 일으킬 것이라 예상을 하는 사람들이 많았다.

그리고 이런 상황에서 시류를 잡고 이에 편승을 하면 기존보다 더 크게 발전할 것을 알기에 모험을 하는 이들도 속속 드러났다.

그중 하나가 바로 재식의 언체인 길드였다.

언체인 길드는 시류에 편승을 하는 것이 아니라, 오히려 한 발 더 나아가 적극적으로 나섰다.

뒤늦게 이런 소식을 접한 대형 길드들은 겨우 백 명도 되지 않는, 그것도 프리랜서까지 모아야 겨우겨우 삼백 명이 조금 넘는 아주 작은 소형 길드가 객기를 부린다고 폄하하였지만, 헌터 협회를 통해 전해지는 언체인 길드의 행보는 이들을 놀라게 만들었다.

그도 그럴 것이, 언체인 길드가 동원한 헌터의 숫자는 겨우 삼백여 명이었다.

이는 대형 길드 하나에도 미치지 못하는 숫자였다.

그런데 언체인 길드가 몬스터가 있던 북한의 한 지역을 점령하고, 그곳에 전초기지를 건설한 것이다.

처음에는 그게 무슨 소린가 하였다.

요충지도 아닌 황해도의 한구석에 굳이 전초기지를 세울 필요가 있는지가 의문이었고, 이를 위해 엄청난 자금을 들이부었다는 것을 듣고는 고개를 저었다.

쓸데없이 돈 낭비를 하는 것 같았기 때문이다.

하지만 동원령이 떨어지고 국토 수복을 위해 북한 땅에 진입을 하다 보니, 전초기지란 것이 어떤 의미인지 그제야 알게 되었다.

국토 수복 시작 1~2일 차에는 느끼지 못했지만, 1주가 지나고 2주가 지나고 한 달이 넘어가면서 헌터들은 전초기지의 필요성을 여실히 느꼈다.

그게 무슨 소린가 하면, 대규모 인원으로 몬스터들을 소탕하고 또 지역에서 밀어냈지만, 시간이 흐르면서 북한 땅 깊숙이 들어오다 보니 보급선이 길어지고 숙영지의 방어에 문제가 생겼다는 것이다.

아무리 헌터들이 일반인들에 비해 초인적인 능력을 가지고 있다고는 하지만, 이들도 격렬한 활동을 한 뒤에는 충분한 휴식을 통해 체력을 보충해야만 했다.

그런데 국토 수복을 위해 몬스터와 전투를 벌이고 서식지에서 밀어내다 보니 문제가 발생했다.

처음에만 해도 머릿수로 몬스터를 압도했고, 그러자 헌터들은 국토 수복이 생각보다 쉽다고 느꼈다.

하지만 뒤로 밀리기만 하던 몬스터도 어느 순간 숫자가 늘어나면서 전투의 양상이 바뀌었다.

헌터들의 숫자에 겁을 먹고 도망을 친 몬스터들이 이내 무리가 커지자, 거센 반격을 하기 시작한 것이었다.

첫 충돌은 헌터의 압승으로 끝났다.

당시에는 헌터들도 아직 별다른 전투다운 전투를 하지 않아 아직까지는 충분히 힘을 비축해 두고 있기 때문이었다.

하지만 2차 3차 격돌을 겪으면서 헌터들은 점점 지쳐 갔다.

아무리 맹수의 유전자를 시술받고 또 각성을 하여 초인적인 능력을 가졌다고 하지만, 태생부터 몬스터의 체력은 헌터들보다 훨씬 높았다.

그 때문에 먼저 지치는 것은 헌터들일 수밖에 없었다.

더군다나 시도 때도 없이 몰려드는 몬스터들로 인해 헌터들은 휴식도 제대로 취하지 못하고 전투를 벌이는 게 일상이었다.

밥을 먹다가도 혹은 잠을 자다가도 몰려드는 몬스터와 전투를 벌이게 되니, 정말 하루하루가 지옥같이 느껴졌다.

그런데 소수로 움직이는 언체인 길드의 경우, 겨우 인원이 삼백여 명뿐임에도 불구하고 착실하게 수복한 영역을 넓혀갔다.

땅을 확보하고 그곳에 전초기지를 건설한 언체인 길드는 높고 두터운 방벽 안에서 충분한 휴식을 취한 뒤, 최고의 컨디션으로 몬스터와 전투를 벌여 왔다.

그러다 보니 언체인 길드는 다른 대형 길드들에 비해 편하게 몬스터들을 상대했다.

또 아이러니하게도 대형 길드 쪽으로 몬스터들이 대거 이동한 탓에 얼마 남지 않은 놈들만 상대를 하다 보니, 언체인 길드가 노린 지역은 보다 쉽게 수복할 수 있었다.

그렇게 수복한 지역에 작지만 방벽을 세우고, 방호시설을 갖춰 놓아 몬스터가 되돌아와도 적은 숫자로 막아 낼 수 있는 장치까지 마련했다. 그러자 소형 길드가 돈 낭비를 부린다는 사람들의 예상과 다르게, 언체인 길드는 다른 대형 길드들보다 몇 발짝 앞서 나갈 수 있었다.

실제로 수십 배의 인원으로 국토 수복에 참여한 헌터 길드들보다 언체인 길드에서 수복한 땅이 훨씬 넓었다.

뿐만 아니라 언체인 길드는 자신들이 수복한 지역을 다시 빼앗기지 않게 방호시설을 설치해 놓은 덕분에 몬스터들은 한 번 살던 곳을 벗어나면 더 이상 돌아오지 못했다.

무엇보다 재식은 이번 국토 수복 계획에 크게 욕심을 부리지 않았다.

확실하게 그 지역에서 몬스터들을 몰아냈다고 판단이 되면, 그곳에 건설 노동자들이 방호시설을 완성할 때까지 움직이지 않고 자리를 사수했다.

그 때문에 헌터 협회를 통해 대형 길드들의 불만이 전달이 되었지만, 재식은 그런 것에 신경 쓰지 않았다.

어차피 대형 길드들의 비위를 맞춰 주기 위해 나선 것이 아니었다.

굳이 그들을 위해 자신이 모집한 헌터들을 희생시킬 이유가 전혀 없었다.

그리고 자신이 그렇게 해 준다고 해서 대형 길드들이 좋아하지도 않을 것을 잘 알기에 재식은 그저 자신이 계획한 대로 움직일 뿐이었다.

* * *

쿵! 쿵! 쿵!

재식은 아공간에서 콘크리트 블록을 꺼내 땅바닥에 쌓

았다.

"와… 몇 번 보긴 했는데, 그래도 볼 때마다 신기하다."

수형은 재식이 아공간에서 커다란 콘크리트 블록을 꺼내는 모습을 지켜보며 한마디하였다.

허공에서 갑자기 커다란 콘크리트 블록이 쏟아 내리니 신기하고 놀라웠다.

"일단 여기만 막아 놓으면 중형 이상의 몬스터는 이쪽으로 넘어올 수 없을 거야."

아공간에서 몬스터의 이동로를 막을 콘크리트 블록을 모두 꺼낸 재식은 자신을 보며 놀라워하는 수형에게 이야기를 하였다.

'아, 그런데 몬스터에게서 땅을 되찾는 것이 이렇게 쉬운 일이었나?"

수형은 문득 이런 생각이 들었다.

지금까지 재식과 함께하면서 그동안 상식처럼 생각되던 것들이 많이 파괴되었다.

그중 가장 심한 것은 몬스터가 생각보다 위험하지 않다는 것이었다.

수형이 태형과 뜻이 맞아 헌터 동아리를 만들고, 또 그렇게 뜻이 맞는 동창이나 후배들을 모아 헌터 클랜까지 만들었다.

수형과 태형이 이렇게 헌터 클랜을 만든 이유는 혼자서,

혹은 소수로는 몬스터를 상대하기 힘들었기 때문이다.

가장 약한 몬스터조차 자칫 방심을 하면, 강한 헌터라도 죽을 수 있었다.

그렇기 때문에 사람들은 될 수 있으면 리스크를 줄이기 위해 단체를 만들었다.

그리고 이런 생각은 이곳에 오기 전까지 계속되었다.

몬스터는 단체로 상대를 해야 한다.

이것이 그동안 수형이나 태형 등 많은 사람들이 상식처럼 생각하는 것이었다.

그런데 재식과 함께하면서 수형은 과장을 조금 보태서 몬스터가 불쌍해 보일 정도였다.

그 정도로 재식과 언체인 길드는 너무도 쉽게 몬스터들을 사냥하였다.

재식이야 7등급의 재앙급 몬스터도 사냥을 한 적이 있는, 손에 꼽히는 강자였지만, 언체인 길드의 헌터들은 그렇지 않았다.

그동안 함께 생활을 하면서 이야기를 들어 보니, 언체인 길드에 소속된 이들은 자신보다 더 늦게 중급 헌터가 된 이들이 대부분이었다.

처음 언체인 길드가 설립이 되고 그곳에 가입을 할 때, 이들의 레벨은 겨우 30레벨 중반쯤에 위치했다.

하지만 길드에 가입을 하고 불과 몇 달 사이에 이들은 엄청난 성장을 하였다.

재식과 길드의 도움으로 헌터들은 가장 안전한 상태에서 몬스터와 싸웠고, 위험한 몬스터를 어떻게 상대하는지를 배웠다.

그리고 지금에 와서는 자신과 동급의 몬스터를 혼자 사냥하고 있었다.

이는 감히 수형도 상상하지 못한 일이었다.

복합 속성을 각성한 수형이나, 재식이 제작한 아이템으로 무장을 한 태형조차도 아직 동급의 몬스터를 홀로 상대하지는 못했다.

그런데 언체인 길드의 헌터들은 대형 몬스터만 아니라면 자신과 동급의 몬스터와 일대일이 가능했고, 거기에 한 명만 더 도와준다면 필승이었다.

게다가 동급의 대형 몬스터라도 다섯 명이면 별다른 피해 없이 사냥을 하였다.

이에 수형은 어떻게 하면 그럴 수 있는지 재식에게 물어보기도 했다.

하지만 재식은 그런 질문을 받고는 그저 빙그레 미소를 지어보일 뿐이었다.

조금 전에도 5등급 몬스터인 자이언트 프로그 수백 마리가 습격을 해 왔지만, 별다른 피해도 없이 사냥을 마쳤다.

"그나저나 졸라 부럽다."

"뭐냐, 갑자기?"

재식은 느닷없는 수형의 태도에 고개를 갸웃거리며 물었다.

"도대체 어떻게 했는데, 아저씨들이 저렇게 강해진 거냐?"

자신의 앞에서 조금 전에 잡은 자이언트 프로그를 해체하고 있는 언체인 길드의 헌터들을 보며 수형이 물었다.

"음……."

자신의 길드원들이 강해진 비결에 대해 물어보는 수형을 재식은 잠시 아무런 말없이 쳐다보았다.

아무리 친한 친구라고는 하지만, 그런 것까지 쉽게 이야기해 줄 수는 없었다.

만약 언체인 길드의 헌터들이 급격히 강해진 이유를 다른 사람들이 알게 된다면, 무슨 사단이 벌어질지 재식도 장담할 수 없었다.

아무런 생각 없이 아티팩트를 제작했고, 우연히 경매에 그것들을 내놓았다.

그런데 자신이 제작한 아티팩트는 생각한 것 이상으로 엄청난 반향을 불러일으켰다.

다행이라면 그 뒤로 재식은 아티팩트를 경매에 올리지 않았다는 것이다.

필요한 것들은 모두 구했기에 더 이상 돈이 급하지 않았고, 또 실패작이라고는 하지만, 계속해서 그것들을 경매나 다른 경로로 판매를 하게 된다면 언젠가는 꼬리를 밟힐지도 몰랐다.

그래서 재식이 생각해 낸 것이 바로 아티팩트가 아닌, 아이템 판매였다.

아이템은 잠시 폭발적인 관심을 받기는 했지만, 그뿐.

한계가 분명한 물건이었고, 또 그에 못지않은 헌터용 무기나 방어구가 존재했다.

다만, 가성비와 효율성이 좋은 것이었다.

비슷한 물건이 있고 또 결정적으로 아티팩트와는 다르기에 권력자들은 아이템을 사용할 필요가 없었다.

그러다 보니 권력자들은 아티팩트보다 못하고 또 자신들이 사용할 수도 없는 물건에 관심이 없었다.

그런데 만약 헌터를 획기적으로 단시일 내에 강한 존재로 만들 수 있는 비법이 있다는 것이 알려진다면 어떻게 될까?

모르긴 몰라도 아티팩트 제작에 버금가는, 어쩌면 그보다 더 엄청난 사태가 벌어질 수도 있었다.

아니, 그게 확실할 게다.

오래전부터 권력자들은 자신의 신변을 초인들로만 구성된 경호 부대를 가지고 싶어 하지 않았다.

그리고 그건 현대에 들어와서도 이어나 이제는 국가

다만, 자신의 신변을 지키는

적으로 초인 부대를 가지길 원했다.

특히 민주주의를 대변하는 미국과 이에 맞서 사회주의를 내세운 소비에트 연방은 첨예하게 대립을 하며 서로의 심장에 비수를 꽂아 넣을 특수부대 양성을 꿈꿨다.

소련은 특별한 군인이라는 의미의 스페츠나츠를 미국은 그린베레나 델타 포스, 네이비 실 등 수많은 특수부대를 양성했다.

하지만 인간의 욕심은 끝이 없듯, 여러 나라들은 기상천외한 방법으로 특수부대보다 더 엄청난 초인들을 양성하기 위해 갖은 역량을 동원해 연구를 하였다.

그중 대격변 이후에 헌터 세계의 한 축이 된 유전자 변형 시술은, 이때 기초가 만들어진 것이었다.

지금은 과학이 발달하면서 이종과 인간의 유전자와 결합을 함으로써 발생하는 부작용을 많이 극복을 했지만, 그 당시만 해도 연구 중에 부작용으로 희생된 병사나 연구원들이 부지기수였다.

그런데 재식이 언체인 길드원에게 시술한 방법은 지금까지 연구 방법의 한계를 넘어 고위 헌터로 만들어 냈다.

각성자 이들보다 빠르게 헌터 등급을 올리지 못했다.

이 때문에 헌터들을 질투하는 속성을 각성한 수형이 언첸인 길드의 ○○었다.

"방법은 있지만 그건 너와는 맞지 않아."

재식은 수형이 무엇 때문에 그런 질문을 한 것인지 알고 그렇게 대답을 하였다.

실제로 언첸인 길드의 헌터들에게 사용한 방법은 수형과 같은 각성 헌터들에게 전혀 쓸모가 없는 방법이었다.

그도 그럴 것이, 언체인 길드의 헌터에게 시술한 마법진은, 어떻게 보면 재식이 수연이나 헌터 협회의 의뢰를 받아 제작한 완드와 비슷한 역할을 하는 종류의 것이기 때문이다.

마력을 생성하여 온몸에 퍼뜨리는 역할을 하는 것이 길드원에게 시술한 마법진이다.

그러니 수형에게는 맞는 방법은 시술이 아닌, 완드와 같은 아티팩트를 착용하는 것이었다.

시술 헌터에게 맞는 방법이 있고, 각성 헌터에게는 그에 맞는 방법이 있는 것이다.

*   *   *

청와대 대통령 집무실.

박지원 대통령은 자시에게 올라온 서류에 사인을 하며 업무를 끝마쳐 가고 있었다.

그러다 마지막 서류에 사인을 하던 중 고개를 들어 비서실장을 쳐다보았다.

"이게 사실인가?"

대통령이 보고 있던 서류는 다름 아닌, 얼마 전 시작한 북한 지역에 대한 국토 수복 계획에 대한 것이었다.

"예, 헌터 협회장에게 확인을 마쳤습니다."

"그래요? 허허, 이거 그냥 국민들 시선만 돌려도 좋다고 생각해 한 일인데……."

대통령은 비서실장이 하는 대답을 듣고는 자신도 모르게 작게 중얼거렸다.

사실 박지원 대통령이 원한 것은 정부가 발표한 북한 지역에 대한 국토 수복이라기보단 자식으로 인해 불거진 비리와 지지율 하락을 어떻게든 막아 보려는 것이었다.

그런데 헌터 협회에서 너무도 잘해 주고 있는 것이 아닌가. 특히나 그를 기쁘게 하는 것은 헌터 협회와 언체인 길드의 활약이었다.

이번 국토 수복 계획에 참여한 대형 길드들은 아직도 몬스터와 일진일퇴하느라 제대로 된 성과를 이루지 못하고 있는데 반해, 헌터 협회는 벌써 황해남도의 절반 정도를 수복했다.

물론 그건 헌터 협회만의 능력으로 그런 것은 아니고, 언체인 길드라는 소규모 길드와 함께 이룩한 성과였지만, 여기서 중요한 것은 정부 기관 중 하나인 헌터 협회가 국토 수복 계획에 적극 참여를 하여 공적을 만들고 있다는 것이 중요한 것이었다.

"이거, 어떻게 이용할 수 있을 것 같은데……."

박지원 대통령은 이번 국토 수복 계획 발표로 하락하던 지지율이 주춤하는 것을 알고 내심 안심을 했다.

그런데 이번 헌터 협회의 실적을 잘만 이용한다면, 내려간 지지율을 끌어올릴 수도 있을 것 같았다.

"연구해 보겠습니다."

"아니야. 연구할 것 없이 바로 자료 보내."

"네?"

"기자들 불러서 이 내용 그대로 알리란 말일세."

박지원 대통령은 굳이 시간을 두고 끌 필요가 없다는 판단을 내렸다.

괜히 어떻게 이번 보고를 잘 활용해 보겠다고 이리 재고, 저리 재다가 때를 놓칠 수도 있다는 생각이 들었기 때문이다.

아닌 게 아니라 만약 시간을 주었다가 헌터 길드들이 북한 땅을 수복했다고 먼저 발표를 해 버리면, 정부는 닭 쫓던 개가 되는 것이었다.

그러니 먼저 선수를 쳐야만 했다.

그래야 나중에라도 헌터 길드에서 몬스터에 빼앗긴 땅을 수복했다고 발표해도 별다른 관심을 받지 못할 것이 아닌가.

뿐만 아니라 정부가 헌터 길드보다 늦는다는 것은 체면이 말이 아니었다.

그러니 하루라도 빨리 실적을 발표해야만 했다.

"그런데 이대로 발표해도 되겠습니까? 여기 보시면 헌터 협회의 실적이라기보다는 그 언체인 길드라는 곳의 역할이 큰 것 같은데…….."

비서실장은 박지원 대통령의 명령에 솔직히 난감했다.

먼저 보고서를 올리기 전 확인한 결과 헌터 협회는 사실 황해도 일부 직역을 수복하는데 도움을 주기는 했지만, 전체적으로 보면 거의 모든 일을 조금 전 언급한 언체인 길드가 처리했기 때문이다.

교두보를 만들고 전초기지를 만들어 북한 땅 수복에 많은 기여를 했다.

뿐만 아니라 프리랜서 헌터들을 모집하고, 또 건설 노동자들을 몇 배나 되는 임금을 줘 가며 확보된 지역에 안전 구역을 만들었다.

헌터 협회는 이런 안전 구역 확보를 위해 건설 노동자를 지키고, 또 일부 몬스터 사냥에 도움을 준 것밖에 없었다.

그런데 이러한 것들을 무시하고 헌터 협회의 실적처럼 발표를 한다는 것은 뒤에 가서 문제가 발생할 수 있었다.

그렇기에 비서실장은 한 번 더 물은 것이었다.

"그깟, 소형 길드쯤은 괜찮아. 그냥 발표해."

"언체인 길드는 정재식 헌터가 길드장으로 있는 길드입니다."

"정재식 헌터?"

"예, 양평에 나타난 7등급 본스 몬스터를 잡은 S급 헌터 말입니다."

"아!"

박지원 대통령은 그제야 언체인 길드와 그곳의 길드장인 재식에 대한 기억이 떠올랐다.

재식과 언체인 길드의 이름은 생소했지만, 길드장이 어떤 존재인지 떠올린 박지원 대통령은 조금 전 자신이 한 지시를 철회할 수밖에 없었다.

"음… 조금 전 내가 한 말은 잠시 보류하기로 하지."

잠시 지시를 내리고 뭔가 생각을 하던 박지원 대통령은 낮은 목소리로 다른 지시를 내렸다.

"김중배 협회장을 부르게. 그리고……."

*　　　*　　　*

청와대에서 대통령이 보고를 받고 있던 시각, 북한 지역에 대한 국토 수복 계획에 참여한 각 대형 길드의 임시 본부에서는 소동이 벌어지고 있었다.

그 원인은 청와대에서 보고를 받은 박지원 대통령과 다르지 않았다.

"뭐? 이게 사실이야?"

길드장의 부재로 임시 길드장을 겸직하고 있는 화랑 길드의 마지운은 참모의 보고에 고함을 질렀다.

그도 그럴 것이, 정부가 발표한 국토 수복 계획에 수많은 헌터들과 함께하면서도 아직 제대로 확보한 땅이 없었다.

이는 평소 자신들이 가지고 있던 국내 헌터 길드 랭킹 1위라는 자부심에 금이 가게 하는 사실이었다.

시작은 순조롭게 흘러갔다.

1만 명이 넘어가는 헌터들의 숫자에 놀란 몬스터들이 삶의 터전을 버리고 위쪽 지역으로 도망을 쳤다.

물론 모든 몬스터가 자신들의 영역을 버리고 도망을 친 것은 아니었다.

일부 대형 몬스터나 지능이 떨어지는 몬스터들이 헌터들의 어마어마한 숫자에도 불구하고 거침없이 달려들었지만, 어림도 없는 일이었다.

하지만 헌터들에 밀려 도망친 몬스터들은 헌터들의 숫자에 위기감을 느끼게 됐다.

그러자 놈들은 다른 지역 몬스터들과 합류를 하면서 숫자를 불리더니, 급기야 전쟁이라 할 정도의 수준으로 변해 버렸다.

만여 명의 헌터와 그 배는 되는 몬스터들은, 왕국 시대의 대규모 전투를 연상시킬 정도로 어마어마한 규모의 대접전을 벌였다.

이 과정에서 헌터들은 막대한 피해를 입었다.

물론 몬스터도 엄청나게 죽기는 했지만, 헌터들에 비해 여전히 많은 수가 살아 있었다.

그나마 전황이 좋지 못하다는 것을 깨달아, 빠르게 후퇴하여 피해를 줄일 수 있었다.

그렇지만 한 번 대규모 접전을 펼치다 낭패를 본 헌터들의 사기는 이미 땅에 떨어져 버렸다.

처음 대형 헌터 길드들과 함께한다는 사실에 고무되어 사기가 하늘을 치솟던 모습은 온데간데없고, 단 한 차례 겪은 패배로 그들의 사기는 곤두박질 쳐 버렸다.

그러면서 헌터들은 자신들의 안녕에 대한 걱정을 하기에 이르렀다.

대형 길드나 헌터 길드에 속한 이들은 자신들끼리 모여 안전을 도모했다.

하지만 헌터 동원령으로 이 자리에 서 있는 이들은, 어느 곳에서도 케어를 받지 못하고 각자 알아서 자신의 안전을 챙겨야만 했다.

그러다 보니 더욱 사기는 떨어졌고, 국토 수복 계획이 시작할 때까지만 해도 똘똘 뭉친 헌터들은 마치 모래알마냥 흩어져 버린 상태였다.

그러던 찰나, 한 소식이 헌터들 사이 퍼지기 시작했다.

언체인이라는 길드에서 프리랜서 헌터 모집을 한다는 내용이었다.

처음에는 신생 길드에서 헌터 모집을 한다는 시선들이었다.

하지만 헌터 모집 소식과 함께, 그들이 북한의 황해남도 지역에 이미 몬스터를 몰아내고 교두보와 전초기지를 건설했다는 소식이 전해지면서 이런 시선은 정반대로 바뀌기 시작했다.

게다가 그냥 뜬소문이 아닌 헌터 협회를 통해 전해진 내용이다 보니, 헌터들도 믿지 않을 수가 없었다.

이 때문에 이곳 서부 전선의 경우 몬스터와의 접전에서 밀리면서 떨어진 사기가 살짝 올라가긴 했다.

그렇지만 이런 소식이 화랑 길드를 포함한 대형 길드들에게 좋게 들리지 않았다.

자신들은 실패를 했는데 어디 듣도 보도 못한 길드에서 벌써 땅을 확보한 것에 놀라고, 또 한편으로는 배가 아팠기 때문이다.

"예. 헌터 협회로부터 전해진 내용입니다."

"그 뭐야, 거기가 어디라고?"

마지운은 눈꼬리를 치켜들며 물었다.

"언체인 길드입니다. 생긴 지는 이제 겨우 6개월도 되지 않은 신생 길드이지만, 그곳의 길드장은 쉽게 볼 수 없는 존재입니다."

　마지운의 보좌관은 조심스럽게 대답을 하였다.

　"쉽게 볼 존재가 아니다? 그게 누군데?"

　보조관의 대답을 들은 마지운은 고개를 갸웃거렸다.

　국내 길드 랭킹 1위의 화랑 길드를 책임지고 있는 자신인데, 감히 누굴 쉽게 보지 못할 것이란 말인가.

　그의 자존감은 엄청나서 대통령도 눈 아래로 보는 이였다.

　대통령이라 해 봤자 임기가 있는 계약직 공무원일 뿐.

　그에 반해 자신은 천 명 가까이 되는 엄청난 숫자의 고위 헌터들을 거느린, 명실상부한 대한민국 최고 전력을 가진 집단의 수장이었다.

　겉으로 보기에는 2인자처럼 보이지만, 자신의 위에 있던 길드장은 현재 행방불명으로 사실상 그가 최고위 자리에 있는 실질적인 1인자였다.

　그런 자신이 조심해야 할 사람은 현재 화랑 길드의 길드장으로 이름만 있는 무신 이용진이 아닌, 헌터 협회의 무력인 뇌신 김현성뿐이라고 생각해 왔다.

　아니, 최근에 추가된 한 명이 더 있는데, 성신 길드의 괴물 백강현이었다.

하지만 마지운은 자신이 이들보다 무력에서 조금 약할지도 모르지만, 집단 대 집단으로 싸운다면 결코 밀릴 것이란 생각을 하지 않았다.

그렇기 때문에 방금 전 보좌관의 말에 미간이 찌푸려진 것이었다.

"네 번째로 S등급 판정을 받고, 또 작년 양평에 나타난 7등급 보스 몬스터를 사냥한 정재식 헌터가 바로 언체인 길드의 길드장입니다."

"뭐야? 겨우 그놈을 내가 조심해야 한다는 말이냐!"

마지운은 자신의 보좌관의 대답에 무척이나 화가 났다.

이제 겨우 20대 후반인 헌터를 조심해야 한다는 대답이 너무나도 어처구나가 없었다.

더욱이 헌터 협회가 발표하기를 7등급 보스 몬스터라 하였지만, 레이드에 참가를 한 헌터들의 이야기를 들어 보면 그때 나온 몬스터가 결코 그 정도는 아니라 하였다.

덩치나 활약상을 보면 어스 드레이크 오마르는 분명 7등급 보스 몬스터처럼 보이지 않았다.

그도 그럴 것이, 일본에 나타난 야마타노 오로치라 불린 몬스터는, 그 크기만도 거의 100m에 육박하는 어마어마한 크기였다.

그에 반해 양평에 나타난 어스 드레이크는, 겨우 30m가 넘어가는 크기였다.

뿐만 아니라 느껴지는 마력량도 그렇게 크지 않아 7등급 보스 몬스터라기 하기에는 뭔가 맞지 않았다.

그럼에도 헌터 협회에서 7등급 보스 몬스터라 발표를 하고 보상을 해 주었다.

단지 그러한 보상 때문에 헌터들은 오마르를 7등급 보스 몬스터로 인식하고 있을 뿐이었다.

하지만 다른 사람들이 뭐라고 하던, 마지운은 결코 그 발표를 인정하지 않았다.

자존심상 새파랗게 어린놈이 7등급 보스 몬스터를 잡았다는 걸 인정하지 못하는 것이었다.

더욱이 어스 드레이크 오마르는 화랑 길드와 안 좋은 쪽으로 연관이 있는 몬스터이기에 더욱 인정할 수 없었다.

"정신 차려. 너도 봐서 알겠지만, 그건 헌터 협회가 꾸며 낸 영웅 만들기일 뿐이야. 그리고 그놈도 헌터 협회가 만들어 낸 꼭두각시일 뿐이고."

마지운에게 재식의 강함이나 그런 것은 아무런 상관이 없었다.

헌터 협회로부터 전달되는 모든 것은 그저, 그들이 대형 길드들을 견제하기 위한 발악일 뿐이라 생각했다.

"아마 이번 일은 거짓이거나 설사 사실이라도 언체인 길드나 그놈이 아닌, 어쩌면 한동안 활동을 하지 않던 뇌신이 나선 일일 것이다."

마지운의 생각에는 헌터 협회가 발표한 황해남도 일부를 수복했다는 이야기는 거짓이거나, 아니면 그동안 활동이 전혀 없던 헌터 협회의 상징인 뇌신 김현성이 황동을 개시한 것이라 생각했다.

그게 아니라면 말이 되지 않는 이야기였기 때문이다.

아무리 언체인 길드와 재식이 강하다 해도 만 명이 넘어가는 엄청난 숫자의 헌터들도 하지 못한 일을 그들이 해낼 거라고는 생각하지 않았다.

그리고 어쩌면 뇌신이라도 그건 불가능한 일이라 생각하고 있는 중이었다.

그가 가진 속성이 번개 속성이라, 약한 다수의 몬스터를 처리하기에 용이하긴 했다.

하나 북한 지역에 분포한 몬스터가 소형 몬스터만 있는 것도 아니고, 또 번개 속성에 취약한 몬스터만 있는 것도 아니기 때문에 현실적으로 불가능했다.

말 그대로 북한 지역은 몬스터 왕국이었다.

남쪽에서 나타난 고블린이나 코볼트도 있었지만, 그것들은 북한 지역에 서식하는 몬스터들의 먹이사슬 최하층에 있는 놈들이었다.

북한 지역에 분포한 몬스터 중에는 남쪽에서는 경험하지 못한 놈들이 상당히 많았다.

개중에는 헌터들처럼 속성을 가지고 있는 몬스터도 있

었다.

그 때문에 마지운이 지휘하는 서부 전선은 심각한 피해를 입고 전선을 뒤로 물릴 수밖에 없었다.

"그나저나 다른 길드들은 뭐라고 해?"

헌터 협회가 전달한 소식은 믿을 수 없다고 판단한 마지운은, 다른 길드에서는 어떻게 반응을 하는지 물었다.

"반신반의하면서 한편으로는 지금보다 더 빠르게 일을 진행할 생각 같습니다."

"응? 그건 무슨 소리야?"

"그게… 헌터 협회가 전해 준 소식과는 상관없이 그냥 현재 모인 헌터들을 더욱 극한까지 몰아, 최대한 땅을 확보하겠다는 것으로 보입니다."

"음……."

마지운은 보좌관의 말에 심각한 표정이 되었다.

다른 대형 길드들은 일반 헌터들의 안전을 무시하기로 했다는 소리에 고민에 빠진 것이다.

사실 마지운의 생각도 비단 다른 대형 길드들과 다르지 않았다.

그저 자신들의 희생을 최소한으로 하고, 될 수 있으면 다른 길드나 프리랜서 헌터들을 희생해 북한 땅을 차지하고 싶었다.

그렇지만 국내 헌터 길드 랭킹 1위라는 위치 때문에 생각을 함부로 드러낼 수가 없었다.

그리고 그렇게 할 수도 없었지만 말이다.

"설마!"

"네. 아무래도 작은 희생을 감수하고, 길드의 정예를 투입해서 깊게 들어가 땅을 확보하려고 하는 듯합니다.

"그렇겠지?"

"솔직히 그게 길드 입장에선 희생도 적고, 떨어지는 이윤도 크지 않겠습니까?"

보좌관은 자신의 생각을 그대로 이야기하였다.

대형 길드의 입장에선 정부와 합의한 이면 계약을 생각하면, 이렇게 몬스터와 전면전을 해서는 이윤이 크지 않았다.

깊숙이 개입을 했다가는, 자칫 길드원들의 희생이 늘어날 수도 있었다.

그에 비해 몬스터와 전면전이 아닌, 소수의 강한 무력을 가지고 몬스터가 뭉치기 전 깊이 치고 들어간다면 이야기가 달랐다.

먼저 몬스터들의 퇴로를 막고 뒤에 남은 헌터들을 이용해 차근차근 처리하면서 자신들과 합류하게 만든다면 최소한의 희생으로 땅을 차지할 수 있을 것 같았다.

더욱이 확보한 지역은 몬스터를 잡은 헌터들과 나눌 필요도 없고, 또 직접적으로 몬스터를 적게 잡았다고 해도 사체에 대한 처분권은 대형 길드에게 유리하게 계약이 되어 있어 실질적인 손해는 별로 없었다.

  그러니 조금 독하게 마음만 먹으면, 적은 희생으로 많은 것을 얻을 수 있는 방법이기도 해서 마지운을 고민하게 만들었다.

10. 중부 전선에서 들려온 소식

방금 몬스터들과 전투를 끝낸 헌터들은 빠르게 주변을 정리하기 시작했다.

"빨리빨리 움직여!"

조장을 맡고 있는 사람들이 소리치자, 헌터들은 전투로 지친 몸을 이끌고 분주하게 움직였다.

그도 그럴 것이, 괜히 전투를 끝냈다고 퍼질러 있다가는 언제 몬스터가 피 냄새를 맡고 몰려들지 모르기 때문이었다.

더욱이 이곳은 몬스터 필드보다 더 몬스터가 많이 분포하고 있는 북한 땅이었다.

북한이란 나라가 무너지고 그 위에 몬스터들만이 남아 번식을 한 지도 벌써 수십 년이 흘렀다.

그런데 정부는 한반도가 대한민국의 영토라는 기치 아래 국토 수복을 외치고, 헌터 동원령을 내려 몬스터로부터 땅을 되찾자는 주장을 펼쳤다.

그렇기에 이곳에서 전투가 끝났다고 방심을 하다가는 언제 어느 때 나타날지 모르는 몬스터에게 쥐도 새도 모르게 죽을 수 있었다.

그러니 최대한 빠르게 전장을 정리해야만 했다.

"돈이 되는 것과 그렇지 않은 걸 분리해서 한쪽에 쌓아 둬!"

"당연하죠. 이게 다 우리 일당인데."

조장의 지시에 몬스터를 해체하던 헌터들은 바로 대답을 하였다.

한편, 이를 가만히 지켜보던 재식은 살짝 눈살을 찌푸렸다.

생각보다 몬스터로부터 국토 수복을 하는 작업은, 순조롭게 진행이 되고 있었다.

다른 지역은 헌터들의 숫자에 비해 지지부진하다고 하는 것에 반해, 자신이 있는 곳은 몬스터를 잡고 땅을 확보하는 것이 너무나도 쉬운 편이었다.

다만, 이렇게 쉽게 땅을 확보하는 것은 좋은데, 원래 계획보다 빠른 진행에 그 후속 조치가 따라갈 수가 없다는 것이 문제였다.

'이거, 예상보다 몬스터를 토벌하는 속도가 너무 빠르니, 감당하기가 힘드네…….'

지금 재식이 고민을 하는 부분은 바로 땅을 수복하는 것과 헌터를 모집하는 일의 속도가 다르다는 것에 있었다.

확보한 지역에 방어 거점을 만드는 것만으로 더 이상 다른 일을 할 여력이 없었다.

현재 재식이 확보한 지역은 강령군과 옹진군, 그리고 그 위에 있는 벽성군을 거쳐 장연군까지 확보하였다.

하지만 현재 장연군에는 몬스터만 토벌했지, 그곳을 지킬 방호시설을 만들지 못했다.

그도 그럴 것이, 몬스터로부터 땅을 지키기 위해선 건물만 덩그러니 있다고 해서 막아 낼 수 있는 것이 아니기 때문이었다.

시설도 중요하지만 결정적으로 그것을 운용할 사람이 필요한데, 현재 재식과 언체인 길드가 있는 곳에는 헌터가 겨우 오백여 명뿐이었다.

그것도 사실 국토 수복을 하면서 헌터들을 계속해서 모집했기에 이백여 명이 늘어난 것이지, 자체적인 인원으로만 진행한다면 벽성군을 확보하고 언체인 길드의 행보는 멈춰야만 했을 것이다.

하지만 그것도 이제는 한계에 다다랐다.

수복한 땅은 갈수록 넓어져 갔고, 그곳을 지켜야 할 헌터의 숫자도 함께 늘어나야 했다. 그런데 어느 순간부터 언체인 길드의 모집에 지원하는 헌터의 숫자가 점차 감소를 했다.

"자기, 협회에서는 뭐라고 해?"

재식은 언체인 길드만으로는 더 이상 어떻게 할 수가 없다는 것을 느끼고 헌터 협회의 도움을 요청했다.

"응. 그렇지 않아도 조금 전에 연락이 왔는데, 헌터는 사실상 보내 주기 힘들다고 해……."

"응? 그럼 어떡해? 이대로 멈춰?"

재식은 수연의 대답에 조금 황당한 표정이 되어 물었다.

국토 수복 시행 전, 협회장인 김중배와 협의할 때는 이해가 맞아 헌터 협회도 적극 지원을 해 주겠다고 약속을 했다.

그런데 이제 와서 헌터들을 보내 줄 수 없다고 하다니, 어처구니가 없었다.

"아니, 그건 아니고, 대신……."

"대신?"

"군대를 보내 준다고 했어."

"군대?"

느닷없는 군대라는 단어에 재식은 의아한 표정을 지었다.

"군대가 여기에 와서 무엇을 하겠어."

협회에서 헌터는 지원해 줄 수 없지만, 대신 군대를 이곳에 파견을 해 준다고 하자 재식은 고개를 갸웃거렸다.

군인들이 몬스터가 우글거리는 북한 땅에 와서 할 일이 뭐가 있을지, 이해가 가지 않았기 때문이다.

몬스터는 현대 화기로 상대를 하려다가는 배보다 배꼽이 더 커질 수 있었다.

만약 몬스터를 상대하는 데 현대 화기가 효과적이었다면, 강대국들은 대격변으로 몬스터들이 쏟아질 때 모두 징집제로 바꿨을 것이다.

하지만 대한민국을 포함한 몇몇 국가들 빼고는 그 어떤 나라도 대격변을 겪고 나서는 군대를 키우려고 하지 않았다.

아니, 오히려 군대의 숫자를 줄였다.

그렇게 남는 예산을 가지고 헌터를 더욱 집중 양성하기 위해 시설을 갖추는 한편, 몬스터에 효과적인 장비들을 개발하기 위해 더욱 박차를 가했다.

군대를 양성하는 것보다 연구를 통해 헌터나 대몬스터용 장비 개발로 국민의 안전을 지키는 것이 훨씬 비용이 적게 들어가기 때문이었다.

그런데 지금 몬스터를 몰아내고 수복을 했다고 하지만, 이런 곳에 군대를 보내겠다고 하니 어처구니가 없는 것이다.

"일단 부족한 헌터 대신, 방호시설 운용과 건설 노동자 보호를 하는데 집중한다는 것 같아. 그런 일은 군인도 할 수 있잖아."

수연은 부정적인 재식의 반응에 자신의 생각을 설명하였다.

그 말대로 수복한 땅에 방호시설을 운용하는 것에 굳이 헌터가 필요한 건 아니었다.

그리고 시설 운용은 사실 헌터보다는 군인들이 더욱 나을 수도 있었는데, 그 이유는 몬스터가 방호시설 주변으로 몰려올 때, 쓰는 무기가 군에서 사용하는 20㎜ 기관포와 30㎜ 기관포였기 때문이다.

원래 재식이 계획한 대로라면 두 가지 모두 사용해야 했는데, 기관포 탄의 보급과 전장의 유연성 문제로 한 가지로 통일할 생각이었다.

그렇게 간부들과 회의를 거친 끝에 그중에서 위력이 좀 더 강한 30㎜ 기관포로 정했다.

하지만 북한 땅에 서식하는 몬스터가 모두 중형 이상의 몬스터만 있는 것은 아니었다.

그 먹이인 소형 몬스터도 존재했다.

그런 작은 몬스터에게까지 30㎜ 기관포를 사용한다는 것은 사실 과했다.

무기를 한 가지로 통일하면 탄약 수급을 하는데 수월하겠지만, 비용은 상당히 올라간다.

그에 비해 사용하려는 목적에 맞게 몇 개로 나눠 사용한다면, 탄약을 수급하는 데 어려움이 조금 있겠지만 대신 비용은 줄어들 것이다.

어찌 되었든 20mm 기관포 탄보다는 구경이 큰 30mm짜리의 탄이 가격이 좀 더 싸기 때문이었다.

더욱이 요즘은 잘 사용하지 않는 20mm 기관포나 기관포탄은 여유가 많아 수급하는 데 문제가 없었다.

그러다 보니 재식은 다시금 계획을 고쳐, 방호시설에 들어가는 무장으로 20mm 기관포와 30mm 기관포 두 종류를 이곳에 들여오게 되었다.

두 종류의 기관포를 운용하려니 기존 탄약고를 한 개 더 설치해야 했고, 그 크기를 1.3배 정도로 더욱 규모 있게 지었다.

그래야 20mm 기관포탄과 30mm 기관포탄의 비율을 맞출 수 있었기 때문이다.

이러한 기관포를 운영하는 데는 군인이 더 전문가겠지만, 그래도 기본적으로 헌터가 있는 편이 비용이 적게 들어갈 것이란 생각은 변하지 않았다.

"군대가 온다고 해도 미래를 생각하면, 헌터가 더 필요해."

"응. 그건 맞는 말이야. 그래서……."

"또 뭐가 있어?"

"응. 현재 지지부진한 서부 전선이나 중부 전선 쪽에 몰려 있는 프리랜서 헌터들 중에서 지원자를 받아 이곳으로 보내 주겠대."

"그래요?"

재식은 마지막 서부 전선과 중부 전선에 있는 프리랜서 헌터들을 모집해 보내 주겠다는 이야기에 급 관심을 보였다.

아무래도 생긴 지 얼마 되지 않는 언체인 길드가 나서는 것보다는, 헌터 협회에서 모집하면 좀 더 많은 헌터들이 모이지 않을까 싶었다.

대략 1,000명만 더 이곳으로 올 수 있다면, 못해도 황해남도 북쪽 지역만큼은 확실하게 확보할 수 있을 것 같았다.

아니, 군인들에게 방호시설들을 맡기고 계속해서 몬스터를 몰아낸다면, 시작점이 다른 세 곳에서 올라오는 대형 길드들보다 더 많은 지역을 확보할 수 있을 것처럼 보였다.

"흠……."

재식은 수연의 이야기가 끝나기 무섭게 작은 신음을 토하고는 생각에 잠겼다.

무언가 결정하기 전 재식은 머릿속으로 여러 가지를 검토하는 버릇을 가지고 있었다.

이는 최충식과 백장미에게 속아 성신 길드에 들어가고, 그곳에서 생체 실험을 당한 뒤에 버려지면서 생긴 습관이었다.

몬스터 유전자를 이용한 생체 실험을 당한 뒤에 특별한 능력을 얻기는 했지만, 그 부작용으로 재식은 헌터로서 치명적인 약점을 가지게 되었다.

지구력이 떨어지는 바람에 재식은 중급 헌터가 되었음에도 불구하고, 오크 한 마리 상대하는 것도 쉽지 않았다.

게임이나 판타지 소설에서야 오크가 용사들에게 경험치나 되는 아주 약한 몬스터지만, 현실에서는 그리 쉽게 볼 존재들이 아니었다.

오크의 크기는 인간과 비슷하여 소형 몬스터로 분류가 되지만, 그렇다고 만만히 볼 만큼 작고 쉬운 몬스터는 아니었다.

오히려 신체적으로 인간보다 더 뛰어난 사냥꾼이었다.

다만, 오크란 몬스터는 그 종에 따라 편차가 심해, 약한 종족이라면 30레벨 중급 헌터만 되어도 두세 마리는 충분히 상대할 수가 있었다.

30레벨 미만에서야 위험한 몬스터일지 모르지만, 그 이상부터는 헌터가 오크 두세 마리를 상대하는 것은 일도 아니었다.

하지만 당시의 재식은 30레벨이 되었음에도 아이러니하

게 오크 한 마리도 상대하기 힘들었다.

그도 그럴 것이, 한 마리는 어찌어찌 상대한다고 해도 그 이후에는 체력이 방전이 되어 힘이 급격히 빠졌다.

그러다 보니 재식은 성신 길드에서 쫓겨난 뒤, 몬스터 사냥을 할 때면 최대한 체력을 아껴서 사냥을 해 왔다.

그러기 위해서 많은 고민을 하고, 헌터란 이름처럼 몬스터 사냥을 하기 위해 갖은 노하우를 연구했다.

곰 사냥용 강철 덫이나, 전기 충격 그물을 사용한 것도 이 때문이었다.

몬스터의 유전자를 활용하는 순간 급격이 떨어지는 체력을 최대한 알뜰히 사용하기 위해 연구를 하고, 전투를 보조해 줄 기구들을 찾아다녔다.

그렇게 힘들게 헌터 일을 하다가 차콥에게 잡힌 것이 전화위복이 되어 지금에 이르렀다.

만약 그런 일이 없었다면, 재식은 아직도 몬스터 필드를 돌아다니면서 고만고만한 몬스터들을 사냥하고 있었을 것이다.

그것도 온갖 궁리를 하며 한두 마리의 소형 몬스터나 작은 무리의 최하급 몬스터만 상대하면서 말이다.

하지만 지금은 아니었다.

홉 고블린인 차콥의 생체 실험으로 재식은 뜻하지 않은 능력을 가지게 되었다.

여러 몬스터의 유전자를 품고, 그것들의 장점만을 취합하여 몬스터보다 더 몬스터 같은 존재가 되었다.

그러면서도 재식은 이성을 잃지 않고, 자신이 인간임을 잊지 않았다.

그 영향으로 현재 재식은 대한민국에서 가장 강한 헌터 중 한 명이 되었다.

그렇기에 재식은 과거를 잊지 않고 지금도 매일 궁리하며, 자신에게 부족한 것이 무엇인지 생각을 하는 버릇을 들였다.

그리고 흑마법사 챠콥의 유전자는 그러한 습관과 맞아 떨어져, 재식을 뛰어난 마법사로 만들었다.

비록 한계 때문에 5클래스에 멈추긴 했지만, 흑마법사도 마법사인 것은 맞았다.

이러한 것을 본능적으로 깨닫고 있는 재식은 자신에게 부족한 것, 현재 자신이 가지고 있는 것, 그리고 앞으로 얻게 될 것 등을 조합해 계획을 세웠다.

'뭔가 조금 부족해… 그렇다고 급하게 생각할 필요는 없지만.'

재식은 현재 자신이 가진 것이나, 헌터 협회에서 약속한 것들을 하나하나 생각하면서 어딘가 부족하다는 생각이 들었지만, 굳이 이를 조급하게 생각하지 않기로 했다.

국토 수복은 단시일에 끝낼 수 있는 일이 아니란 것을 거듭 상기시키며 자신이 헌터 협회나 정부에 받을 수 있는 것, 혹은 제안을 할 수 있는 것들을 생각했다.

정부와 대형 길드 간에 이면 합의가 있음을 이미 김중배 헌터 협회장으로부터 전해 들어 알고 있기에 자신도 뭔가 이득을 취할 생각이었다.

하지만 언체인 길드의 힘은 아직까지 대형 길드에 비빌 수 있는 상황이 아니었다.

그러니 자신이 앞에 나서서는 이득을 보기 힘들었다.

그렇기에 대형 길드도 함부로 할 수 없는 헌터 협회를 전면에 세우고, 자신은 그 사이에서 최대한 이득을 보면 되는 것이었다.

그러기 위해선 헌터 협회에도 어느 정도 이득을 나눠 줘야 하고, 또 정부에도 이득이 되게끔 일을 처리해야만 했다.

어차피 대형 길드와는 경쟁 관계일 수밖에 없기에 그들의 이득까지 챙겨 주면서 자신의 이익을 챙기기란 불가능했다.

그렇기에 얼굴을 붉힐 일이 있더라도 자신은 빠지고, 그 대신 헌터 협회를 방패막이로 내세우기 위해 끌어들인 것이 었다.

*　　　*　　　*

정부의 국토 수복 계획은 한 달이 지나도 제대로 된 진척이 없었다.

헌터 협회와 손을 잡은 언체인 길드만이 황해남도의 절반 정도를 차지하며 진척을 보일 뿐이고, 대형 길드와 일반 헌터들은 일진일퇴를 반복하며 제대로 된 성과를 내지 못했다.

그 때문인지 대형 길드들은 겉으로는 내색하지 않았지만, 상당히 당황하고 있었다.

언체인 길드가 비록 헌터 협회와 함께한다고는 하지만, 자신들에 비해 1할도 안 되는 전력으로 상당한 성과를 보이고 있었으니 말이다.

반면, 자신들은 엄청난 숫자의 헌터와 전력으로도 제대로 된 성과를 보이지 못하고 있어 답답하기만 했다.

북한 지역은 몬스터 왕국이라 불리는 것처럼 그동안 자신들이 상대해 온 몬스터와는 그 수에서부터 엄청난 차이가 있었다.

그동안 몬스터 필드에서 상대하던 몬스터는 끽해야 백 단위 몬스터들이었다.

아니, 가끔 벌어지는 몬스터 웨이브나 되어야, 몇 천 마리 정도의 몬스터가 쏟아질 뿐이었다.

그런데 국토 수복 계획을 수행하면서 이들이 상대한 몬스터의 숫자는 정말이지, 그동안 평생 잡아 오던 수보다 훨씬 많은 듯했다.

그러다 보니 사냥한 몬스터의 숫자가 어마어마해, 제대로 수습조차 하지 못하고 있을 정도였다.

그나마 다행인 것은 그렇게 잡은 몬스터를 굳이 헌터들이 직접 도축을 하지 않아도 된다는 것이었다.

너무나 많은 숫자의 몬스터 사체로 인해 그것들을 수습하려고 하면 수많은 헌터가 그 일에 붙어야 했다. 그러나 그리 하다가는 정작 중요한 국토 수복 작전에 차질을 생길 수도 있었기 때문에 대형 길드들은 주둔지 후방에 몬스터 도축장을 임시로 마련을 하였다.

각 대형 길드들은 주둔지 뒤에 이러한 도축장을 여럿 만들었고, 운송업자들이 몬스터의 사체를 몬스터 도축장에 가져다 날랐다.

덕분에 헌터들은 몬스터 사냥에만 집중할 수 있게 되어, 더욱 효율적으로 에너지를 비축할 수 있었다.

물론 일반인들만 하기에는 위험한 부분이 있었다.

아직 목숨이 끊어지지 않은 몬스터가 마지막 힘을 내어 달려든다든지, 혹시 죽은 척하고 있던 놈이 벌떡 일어날 수도 있는 노릇이었다.

그렇기 때문에 몬스터 사체를 운반할 때는 그러한 사고에 대비하여 헌터가 다수 따라갔다.

이렇듯 매일같이 대규모 전투가 벌어지며 늘어 가는 몬스터 사체로 인해 조금의 이득은 봤지만, 정작 중요한 것은 땅이었다.

그러니 대형 길드는 마음이 다급해지고, 지지부진한 현 상태가 답답하기만 했다.

더욱이 헌터 협회로부터 날아오는 소식을 접할 때면 괜한 질투심이 날 정도였다.

그래서 더욱 힘을 쏟아 몬스터를 상대해 봤지만, 지금까지 되지 않던 게 갑자기 이루어질 리가 없었다.

그런 상황이 지속되다 보니 일부 길드에서 굳이 이렇게 대규모로 헌터들이 뭉쳐 몬스터를 상대할 필요가 있냐는 이야기가 나오기 시작했다.

그도 그럴 것이, 헌터들이 집단으로 뭉쳐 있으니 비교적 안전하기는 했지만, 몬스터들도 위협을 느끼고 대규모로 뭉친 상태라 병력을 쉽게 운용하기가 힘들었다.

게다가 상황이 길어질수록 소모전 양상이 벌어지고 있어, 동원령으로 국토 수복 계획에 참여한 프리랜서 헌터들 사이에서 불만이 슬금슬금 나오기 시작했다.

정작 가장 위험한 최전방에는 길드에 속한 헌터들이 나서지 않고 뒤에서 대기를 했다.

또한 앞에 나선다 해도 적극적인 전투 참여보다는, 싸우느라 지친 몬스터에게 결정타를 가하는 정도로 소극적인 행동을 하는 것에 불만을 터뜨렸다.

자신들이 다 해 놓은 것에 숟가락만 하나 걸치며 모든 것을 차지하려는 대형 길드들의 행태는, 지금이 아니라도 언젠가는 나올 수밖에 없는 불만들이었다.

이러한 헌터들의 불만도 불만이지만, 대형 길드에서 신경을 쓰는 것은 다름 아닌 소속 길드원들의 불만이었다.

이들은 소형 길드인 언체인이 헌터 협회와 함께하며 엄청난 성과를 보이는 반면, 자신들은 실력도 없는 프리랜서 헌터들을 보호하면서 국토 수복을 하고 있다고 생각했다. 그러다 보니 성과도 나오지 않고, 결정타만 친다는 프리랜서 헌터들의 싸늘한 시선을 받으며 자존심에 상처를 입었다.

이러한 것들이 길드 지도부에도 불만으로 표출이 되고 있었다.

만약 양쪽의 불만을 제대로 해소시켜 주지 않는다면, 어떤 사태가 벌어질지 모르는 상황이었다.

이에 대형 길드에서는 협의를 통해 한 덩어리로 뭉쳐 헌터들을 운용하기보단, 각각의 길드들이 독립적으로 활동하기로 결정하였다.

비록 그렇게 해서 위험이 늘어나기는 하겠지만, 보다 빠른 진행이 가능할 것으로 점쳐졌기 때문이다.

자신들의 절반도 안 되는 언체인 길드가 할 수 있는 일을, 자신들이 못 할 것이 없다는 자신감에서 그러한 결정을 했다.

하지만 이들은 언체인 길드가, 아니, 재식이 이번 정부의 국토 수복 계획을 성공적으로 진행하기 위해 어떤 준비를 해 왔는지 상상도 못할 것이다.

*   *   *

우우웅─

넓은 들판에 수많은 몬스터들이 모여들자, 대기는 마치 큰 파도가 이는 듯 울려 퍼졌다.

그리고 이를 지켜보는 헌터들의 숫자도 모여든 몬스터의 숫자에 비해 적기는 하지만 무려 오백여 명이나 되었다.

"확실히 헌터들의 숫자가 적으니, 모여드는 몬스터의 숫자도 줄어드는군."

랭킹 11위 현무 길드의 공대장인 정현무는, 언덕 위에서 몬스터들이 모여드는 현황을 지켜보며 중얼거렸다.

원래 현무 길드의 길드 랭킹은 10위로, 10대 길드 중 하나였다.

하지만 작년 국내 랭킹 30위권에 있던 성신 길드가 일본 정부의 후원을 받으며 재앙급 몬스터를 잡아 급격한 성장을 한 탓에 10대 길드 자리에서 밀려나 버렸다.

이 때문에 현무 길드의 길드장은 어떻게든 다시 10대 길드 안으로 들어가기 위해 갖은 노력을 다했지만, 기존 길드의 만만찮은 방어에 계속해서 고배를 마시는 중이었다.

현무 길드가 10대 길드에 있을 당시, 11위인 케루빔 길드가 느꼈을 막막함을 이번엔 그들이 느끼고 있었다.

그럼에도 현무 길드는 다시 자신들의 자리로 돌아가기 위해 지금도 절치부심하고 있었다.

그리고 이를 위해 이번 정부의 북한 지역 수복에 적극적으로 참여하면서 길드의 사활을 걸었다.

그런 차에 지지부진해지는 국토 수복을 더 이상 두고 볼 수만은 없었다.

어떤 방법이 좋을까 한참을 고민한 끝에 하나로 뭉쳐서 몬스터를 상대하지 말고 각자도생을 하자는 안건을 내놓았다.

현무 길드가 이런 안건을 내놓기 무섭게 다른 길드들도 이에 찬성했다

이는 현무 길드만 다급함을 느끼는 것이 아니라, 다른 대형 길드들도 비슷한 심정이었기 때문이다.

한 번 성신 길드로 인해 10대 길드의 위상이 흔들린 경험이 있는 이들로서는, 아직은 자신들에게 한참이나 모자란 언체인 길드가 S급 헌터를 보유하고 있다는 사실을 의식할 수밖에 없었다.

재식이 비록 백강현이나 다른 3신들에게 조금은 못 미치는 능력이라고 폄하를 받았지만, 자신들 또한 그럴 수는 없

었다.

대형 헌터 길드가 괜히 그동안 대한민국에서 군림하던 것이 아니었다.

이들의 정보력은 국가 정보국 못지않았다.

그로 인해 이들은 헌터 협회의 의도를 알기 위해 노력했고, 결국 그 답을 찾아냈다.

처음 그 둘의 협력 사실을 알았을 때는 코웃음을 쳤었다.

자신들과 다른 루트로 국토 수복을 하려는 게 가당키나 하냐는 생각이었다. 그런데 이후 상황이 역전되며 본격적인 조사에 착수했고, 그들의 계획과 친분을 알게 되었다.

그러다 보니 재식과 언체인 길드가 성과를 낼 때마다, 대형 길드 관계자들은 정말이지 벼랑 끝으로 떠밀리는 느낌을 받았다.

이 때문에 다급하게 몬스터에 대한 대응 방법을 바꾸고 전투에 들어가려 했다.

"그러게 말이야. 진작 이렇게 했어야지."

"맞아."

자신의 친구이자, 공대의 2인자인 최무영의 말에 정현무는 맞장구를 쳤다.

"이제 방법을 알았으니 쭉쭉 나가 보자고."

"난 가서 애들 준비시킬게."

"그래. 10분 뒤 시작한다."

한때 많은 수원으로 식량을 수급하던 평강군의 너른 들판에는, 이제 잡풀과 몬스터만이 남아 있었다.

하지만 그것도 조금 뒤에는 또 다른 모습으로 바뀌어 있을 것이었다.

저 앞에 몰려드는 수많은 몬스터들의 시체와 그것들이 흘리는 검붉은 피로 대지가 적셔질 것이란 상상을 하며, 정현무는 두 눈을 반짝였다.

그렇게 잠시 시간이 흐르자 최무영이 돌아와 정현무에게 보고했다.

비록 개인적으로는 둘이 친구라 하지만 일단 공무적으로는 공대장과 부공대장이란 직급이 나뉘다 보니 보고를 하는 것이었다.

"모두들 준비됐다."

"그래, 그럼 가 볼까."

정현무는 대답을 하고는 앞으로 걸어갔다.

얼마를 걸었을까. 저 앞에 헌터들이 모여 있는 것이 눈에 들어왔다.

"그동안 잘 쉬었나?"

전방에 모여 있는 헌터들을 보며 정현무가 소리쳤다.

"네!"

"준비는 되었나?"

"예. 준비됐습니다!"

"그럼 모스터를 모두 죽여라!"

정현무가 헌터들을 보며 죽이라는 말을 하자, 이를 들은 헌터들은 일제히 그 말을 따라했다.

"죽이자!"

구호가 끝나고 헌터들은 빠르게 몬스터들이 있는 곳으로 뛰어가기 시작했다.

뿌드드득!

몬스터를 향해 달려가는 헌터들의 몸에서, 뼈가 부서지는 듯한 소음과 함께 신체에 변화가 일어나기 시작했다.

크아앙!

그렇게 신체가 변한 이들은 인간과 맹수를 적절히 섞어 놓은 듯한 모습을 하고, 처음 출발할 때보다 더욱 빠른 속도로 몬스터들을 향해 달려들었다.

언뜻 보면 누가 헌터이고 누가 몬스터인지 분간이 가지 않는 모습이었지만, 헌터들은 이를 잘 분간해 공격했다.

그도 그럴 것이, 대부분의 헌터들이 방어구를 착용하고 있기에 둘은 충분히 분간이 되었다.

슈웅!

쾅!

몬스터를 향해 달려가는 헌터들 중 일부는 각성한 헌터인지, 자신들의 속성을 이용한 원거리 공격을 끊임없이 퍼부었다.

크르릉!

크앙!

천 마리가 넘어가는 몬스터와 그 절반 정도의 헌터가 충돌을 하였는데, 싸움의 양상은 숫자가 적은 헌터들에게 유리하게 진행되었다.

현무 길드의 헌터들은 모두 5등급 이상이었고, 또 다년간 서로 손발을 맞춰 온 베테랑들이었다.

그러다 보니 아무리 몬스터의 숫자가 많다고 하지만 원거리에서 속성 공격을 받고, 또 근접해서는 강인한 체력과 힘을 갖은 헌터들이 날카로운 무기와 단단한 방어구를 앞세워 공격했다.

그러한 합공에 몬스터들은 추풍낙엽처럼 쓰러져 갔다.

*　　　　*　　　　*

우우웅—

"조금 더 왼쪽. 그래. 조금 더, 조금만 더, 오케이!"

크레인이 포탑을 들어 방어진지 위에 올리는 작업을 완료했다.

그리고 그런 장면은 황해남도 송화군 일대 곳곳에 펼쳐지고 있었다.

기관 포탑이 올라가는 진지는 한두 곳이 아니었다.

언체인 길드가 상륙한 강령군 일대는 이미 단단한 방어진지가 곳곳에 있었고, 밀려난 몬스터가 다시는 이곳으로 들어오지 못하게 이중으로 건설이 되어 있었다.

이제 막 토벌이 끝난 장연군이나 송화군의 경우 아직 방어진지가 한창 건설이 되고 있는 상태라, 건설 노동자들을 지키기 위해 나와 있는 군인들은 긴장을 늦추지 않고 주변을 살피고 있었다.

유사시 몬스터가 몰려오면 바로 사용해야 하기에 건설 노동자들은 방어진지를 건설하는 데 꼼꼼히 점검하며 하자 없이 진지를 만들었다.

"최 병장님."

"왜?"

최용수는 자신을 부르는 후임을 보며 퉁명스럽게 대답했다.

"언체인 길드 헌터들 대단하지 않습니까?"

'뭐가?'

"아니, 야른, 대형 길드들은 엄청난 숫자에도 불구하고 아직 북한 땅을 얼마 수복하지 못했다고 들었습니다. 하지만 여기 언체인 길드는 헌터 협회와 겨우 몇 백 명의 인원이 전부이지 않습니까?"

이용구 상병은 자신의 선임인 최용수에게 침을 튕겨 가며 언체인 길드에 대한 칭찬을 아끼지 않았다.

"그런데 보십시오."

방어진지가 건설되고 있는 주변을 살피는 이용구 상병의 말에 최용수도 살짝 고개를 끄덕였다.

의무 때문에 어쩔 수 없이 군대에 들어오면서 최용수는 그동안 많은 헌터를 보았다.

그런데 지금까지 단 한 번도 이런 모습을 보이는 헌터나 길드는 없었다.

군인이라고는 하지만 일반인이나 다름없는 최용수는 헌터들에게 갖은 갑질을 당해 왔었다.

몬스터 필드에 들어가기 위해 신분 검사를 하려고 하면 그 간단한 절차를 무시하기 일쑤였고, 때때로 귀찮다는 말도 안되는 이유로 폭행을 하기도 했다.

하지만 어디에 하소연할 곳도 없었다.

원칙대로라면 군인에게 폭행을 가한 이는 군법에 의거해 처벌을 받아야 하지만, 헌터라는 특수한 직업과 이들을 보호하는 헌터 길드의 변호로 인해 군 당국도 일반 하급 병상들의 신변을 보호해 주지 않았다.

그러다 보니 일반 병사들의 경우 헌터를 똥에 비유해 더러워서 피한다며, 웬만해선 그들과 엮이지 않으려 노력을 하였다.

그렇지만 그게 어디 마음대로 되는 일이겠는가.

어딜 가나 또라이는 있기 마련이었고, 대형 헌터 길드에는 유난히 그러한 놈들이 많이 있었다.

그런데 이곳에 파견이 된 최용수는 S급 헌터가 길드장으로 있는 언체인 길드와 며칠 생활을 하면서 기존에 가지고 있던 헌터에 대한 부정적인 생각을 일부 희석시킬 수 있었다.

언체인 길드에 소속된 헌터들은 군인이나 건설 노동자에게 절대로 갑질을 하지 않았다.

아니, 오히려 헌터들이 불편한 것이 있는지 먼저 물어보며, 이를 개선해 주려 노력을 하였다.

물론 아무리 그래도 몬스터 필드와 다름이 없는 곳에 파견을 나와 있다 보니 편안하게 긴장을 놓을 수는 없었지만, 다른 지역의 대형 길드들이 있는 곳에 파견된 부대보단 편하단 생각이 들었다.

후임인 이용구의 말에 생각에 잠겨 있던 최용수는, 갑자기 주변이 소란스러워지자 정신을 차리고 주위를 둘러보았다.

"무슨 일이야?"

최용수는 자신같이 주변을 살피는 이용구를 보며 물었다.

"저도 잘……."

대답을 하는 이용구도 아직 상황을 확실히 인식하지 못하고 말끝을 흐렸다.

그나마 다행인 것은 자신들이 방어진지를 건설하고 있는

지역에 무언가 사단이 일어난 것으로는 보이지 않았다는 것이다.

혹시나 모를 침입을 막기 위해 사계청소를 해 놓아 멀리서도 몬스터가 몰려오는 것을 훤하게 볼 수 있었는데, 이들의 눈에는 그 어떤 징후도 보이지 않았기 때문이다.

"야, 홍인규! 거기 무슨 일이야?!"

이용구는 저 멀리 자신의 후임인 홍인규 상병이 보이자 소리쳐 물었다.

"이용구 상병님. 그, 그게……."

어디론가 달려가던 홍인규는 자신을 부르는 선임의 부름에 다급한 목소리로 대답했다.

"재앙급 몬스터가 출현했답니다."

"뭐?! 어디?"

"여긴 아니고, 중부 전선이요. 그쪽에 재앙급이 떴답니다."

정식 명칭은 아니지만 군인들 사이에서는 7등급 몬스터 이상을 재앙급이라 불렀다.

이는 자신들이 가진 무기 체계로는 도저히 막을 수 없는 몬스터였기 때문에 한 번 출현하면 재앙이라는 의미에서 나온 명칭이었다.

그나마 다행인 것은 자신들이 있는 방향이 아니라, 대형 길드들이 국토 수복을 하는 곳 중 하나인 중부 전선에 출현했다는 것이다.

　그리고 그 소식은 언체인 길드는 물론이고, 이곳에 있는 건설 노동자들에게까지 급속히 퍼졌다.

〈『헌터 레볼루션』10권으로 계속…〉